설탕 세계와 예언의 소녀

설탕 세계와 예언의 소녀

섀넌 맥과이어 지음 | 이수현 옮김

문
너머 3
시리즈

하빌리스

미도리에게

너의 문은 기다리고 있어

설탕, 밀가루, 시나몬이
건물을 집으로 만들어 주진 않아.
그러니 진저브레드로 벽을 굽고
뼈로 단맛을 내자.
달걀과 우유와 휘핑크림,
갓 만든 버터,
우리 여왕님이 돌아오신단 희망을 안고,
그분의 성을 구워야지.

― 어린이용 손뼉치기 노래, 컨펙션

차례

1부

빈 자리들

2부

망자의 전당으로

3부

나에게 산을 구워 주고, 아이싱 하늘을 만들어 줘

4부

이곳이 우리가 세계를 변화시키는 자리

5부

그 이후

1

빈자리들

다시,

집

아이들은 언제나 토끼굴을 굴러 내려가고, 거울 속으로 떨어지고, 계절에 맞지 않는 홍수에 휩쓸리거나 토네이도에 휘말려 왔다. 아이들은 언제나 여행을 해 왔는데, 아이들이란 어리고 총명하면서도 모순이 가득하기에, 여행을 존재 가능한 세계로만 제한하지 않았다. 성인이 된다는 건 중력이 존재한다거나 공간은 선형이라거나, 통금이란 억지로 만든 귀가 시간이 아니라 진짜라고 믿는다거나 하는 제한들을 받아들인다는 뜻이다. 어른들도 여전히 토끼굴을 굴러 내려가고 마법이 걸린 옷장에 들어갈 수는 있지만, 해가 갈수록 그런 일이 줄어든다. 어쩌면 살아남으려면 조심성이 필수인 세상, 뻔한 삶 대신 더 크고 더 나은 삶을 살게 해 줄 잠재력이 논리에 닳아 버리는 세상에서는 이것이 자연스러운 삶의 귀결일지도 모른다.

어린 시절은 녹아 없어지고, 상상의 비행은 규칙으로 대체된다. 토네이도는 사람을 죽이지, 마법의 세계로 데려가지 않는다. 말하는 여우들이 보인다면 열병에 걸렸다는 뜻이지, 대단한 모험을 떠나자는 안내자가 온 게 아니다.

하지만 아이들은, 아이들이란. 아이들은 그런 여우들을 따라가고, 옷장을 열고, 다리 아래를 들여다본다. 아이들은 벽을 기어오르고 우물 아래로 떨어지고 날카로운 가능성의 면도날 위를 달린다. 가끔, 아주 가끔 가능성이 항복하고 그들에게 '집'으로 가는 길을 보여 줄 때까지.

열네 살이 되기 전에 경이와 마법의 세계를 하나 구원하고 나면, 대체로 조심성을 배우기가 어렵다. 그 까닭에, 태어난 세계의 틈새로 떨어졌던 아이들은 많은 경우 언젠가는 그곳에서도 엉뚱한 문을 열고, 엉뚱한 열쇠 구멍을 들여다보고, 모험을 시작했던 바로 그 자리에 돌아오고야 만다. 어떤 아이들에게는 그것이 축복이다. 어떤 아이들은 모험과 불가능한 일들을 과거로 치부하고, 분별력과 예측 가능성과 원래 태어났던 세계를 선택하는 것이 쉽다. 그러나 또 어떤 아이들은….

어떤 아이들에게는, 자신에게 딱 맞는 세계라는 유혹이

도저히 떨쳐 낼 수 없을 만큼 크다. 그래서 '집'으로 갈 길을 찾으려고 창문마다 흔들고 자물쇠마다 들여다보면서 평생을 보낸다. 아무리 어렵다 해도, 아무리 가능성이 없어 보인다 해도 그들을 '집'으로 데려다줄 수 있는 단 하나의 완벽한 문을 찾으려 한다.

가족들이 여행에서 돌아온, 지칠 대로 지친 이 기적의 아이들을 이해하기는 어려울 수도 있다. 평생 자기만의 문을 가져 본 적이 없는 이들에게는 그들이 거짓말을 하는 것 같다. 터무니없는 몽상가 같다. 너그러운 이들이 보기에는 아픈 것 같고… 잔인한 이들이 보기에는 미친 것 같다. 그러니 조치를 취해야 한다.

바로 '방황하는 아이들을 위한 엘리노어 웨스트의 대안 학교'에 들어가는 것 같은 조치 말이다. 이곳은 떠났다가 돌아왔으되 다시 갈 희망을 품고 있는 이들을 위한 학교다. 바람이 딱 맞으면, 별들이 밝게 빛나면, 갈망하는 이들과 길 잃은 이들에게 세상이 자비를 베푸는 방법을 기억한다면 돌아갈 수 있으리라고 믿는 아이들…. 그들은 이 학교에서 친구들과 함께 있을 수 있다. 정말로 친구를 얻었다고 말할 수는 없더라도, 집으로 가는 문이 잠

겼다는 게 어떤 건지 이해하는 사람들과 함께 있을 수는
있다. 이 학교의 규칙은 단순하다. 회복해라. 희망을 품
어라. 그리고 가능하다면 네가 속한 곳으로 돌아갈 방법
을 찾아라.

청탁 금지.

방문객 금지.

퀘스트 금지.

문 하나가 열리고,

또 하나는 통^째^로 날아갔네

'방황하는 아이들을 위한 엘리노어 웨스트의 학교'의 가을은 늘 그랬듯이, 아직은 이루어지지 않은 계절의 약속이라는 형태로 찾아왔다. 단풍이 물들고 풀이 갈색이 되고 허공에는 곧 비가 올 것 같은 냄새가 계속 맴돌았다. 들판 뒤쪽에 자란 블랙베리 가시나무들에는 열매가 풍성하게 달렸다. 학생들 몇 명은 통을 들고 나가서 손가락을 자주빛으로 물들이고 분노한 심장을 달래면서 오후 시간을 보냈다.

케이드는 서재와 하늘을 동시에 살피며, 습기가 스며들 법한 자리마다 접합제를 바르고, 창문의 밀폐가 잘 되었는지 하나하나 확인했다.

앤젤라도 하늘을 지켜보았는데, 발에는 평범한 신발을 신었지만, 조심스럽고 복잡하게 끈을 묶은 마법 신발은 어깨에 걸친 채 무지개를 기다리고 있었다. 혹시 빛과 물이 딱 맞게 만난다면, 혹시 그 무지개가 그녀가 닿을 수 있는 곳까지 떨어진다면, 여기를 떠나서 집까지 달리고 달려갈 것이다.

'망자의 날'에 문이 열릴 크리스토퍼는 — 물론 문이 다시 열린다면, 그래서 집으로 갈 길을 찾게 된다면 말이지만 — 저택 뒤편의 숲속에 앉아서 뼈 피리로 더없이 섬세한 노래를 연주하며, 문이 나타나지 않을 경우의 실망, 아니면 '해골 소녀'가 그를 원래 있어야 할 곳으로 다시 부를 때 느낄 압도적인 기쁨에 대비하려고 했다.

그러니까 모든 학생들이 학교 곳곳에서 각자에게 가장 적절하거나, 가장 편안하거나, 가장 겨울을 잘 견뎌 내게 해 줄 것 같은 방식으로 계절의 변화에 대비하고 있었다. 여름으로 정의되는 세계에 갔었던 소녀들은 고향이었다가 순식간에 감옥이 되어 버린 이 세계에서 다시 6개월을 보낸다는 전망에 방에 틀어박혀서 울었다. 가야 할 세계가 영원한 눈, 따뜻한 모피와 뜨거운 장작불과 달콤한 멀드 와인으로 이루어진 소녀들은 돌아갈 길이 꽃처럼 피어날지도 모른다며 기뻐했다.

엘리노어 웨스트, 누군가에게는 60대 후반으로 통할 수 있었고, 또 학교 바깥 사람들과 소통할 때는 자주 그런 척하는 원기왕성한 97세의 그녀는 목수의 눈으로 복도를 걸으며 벽이 내려앉지는 않았는지, 천장이 썩지는 않았는지 살폈다. 몇 년에 한 번씩은 업자들을 데려다가 보수를 해야 했다. 그녀는 학교 운영에 지장이 가는 게 싫었다. 그리고 아이들은 평범한 비행소년인 척하기를 싫어했다. 불을 질렀다거나 창문을 깼다는 이유로 부모에게 쫓겨났지만, 실제로는 드래곤을 죽였으면서 아니라고 거짓말하는 걸 거부해서 여기 오게 된 아이들이니 말이다. 사소하고 하찮은 거짓말 같아도, 아이들이 거짓말하기 싫어하는 것을 탓할 순 없었다. 다만 그 아이들도 학교 보수 작업을 미루다가 누군가의 머리에 석고판이 떨어지면 생각이 바뀔 것이다.

학생들의 필요와 학교의 필요 사이에 균형을 잡기란 피곤한 일이었고, 그녀는 저 앞 어딘가 금빛 미래에서 기다리고 있을 난센스와 부주의함의 세계로 돌아가고 싶은 마음이 간절했다. 그녀가 모아들여 돌보는 아이들과 마찬가지로, 엘리노어 웨스트도 기억하는 한 언제나 집으로 가려고 노력해 왔다. 대부분의 아이들과 달리, 그녀의 분투는 몇 달이 아니라 몇 십 년간 이어졌고⋯ 대부분 아이들과 달리, 그녀는 수십 명의 여행자가 집으로 돌아가는 길을 찾는 모습을 지켜보면서도 스스로는 뒤에 남겨져 있었을 뿐이다. 따라가지 못하고, 그저 울기만 하면서.

때로는 그거야말로 이 세계가 보유한 유일한 진짜 마법일지 모른다는 생각도 들었다. 그렇게 많은 아이가 엘리노어가 맡고 있는 동안에 집으로 가는 길을 찾았는데도, 엘리노어에게 잘못이 있다고 비난하거나, 사랑하는 자식의 실종을 수사하려고 하는 부모는 단 하나도 없었다. 그녀는 부모들이 그 아이들을 사랑했음을 알았다. 아버지들의 울음소리를 들었고, 꼼짝 않고 의연하게 어둠을 노려볼 뿐 크나큰 슬픔을 처리하지 못하는 어머니들의 손도 잡았다. 하지만 아무도 엘리노어를 살인자라 부르거나, 이 학교를 닫으라고 요구하지 않았다. 그들도 알았던 것이다. 어떤 층위에서는 그들도 알았고, 엘리노어가 입학 서류를 들고 찾아가기 오래전부터 이미 그 아이들이 작별인사를 하기 위해서 돌아왔을 뿐임을 알고 있었다.

복도 문이 하나 열리더니, 한 소녀가 전화기에 정신이 팔린 채로 튀어나왔다. 엘리노어는 멈춰 섰다. 충돌은 불쾌한 일이었고, 가능하다면 피해야 마땅했다. 소녀는 여전히 화면을 보면서 엘리노어 쪽으로 몸을 돌렸다.

엘리노어는 지팡이 끝으로 땅을 두드렸다. 소녀가 멈춰 서서 고개를 들더니, 혼자가 아니라는 사실을 겨우 알아차리고 두 뺨이 빨갛게 얼룩졌다.

"어…" 소녀가 말했다. "안녕하세요, 미스 웨스트."

"안녕, 코라." 엘리노어는 말했다. "그리고 괜찮다면 엘리노어라고 부르려무나. 내가 늙은 데다 점점 늙어갈지는 모른다만, 미스였던 적은 없거든. 내가 돌아다니는 곳에서는 주로 히트였지(빗나간다는 의미의 '미스miss'와 적중을 뜻하는 '히트hit'를 두고 한 말장난 – 옮긴이 주)."

코라는 어리둥절한 얼굴이었다. 새로운 학생들은 흔히들 그랬다. 그 아이들은 사람들이 자기 말을 믿어 주는 곳이 있다는 생각에 아직 적응하는 중이었다. 터무니없는 이야기를 해도 상대가 비웃거나 미쳤다고 비난하는 게 아니라 어깨만 으쓱이고 똑같이 터무니없는 소리를 하는 곳이라니.

"네, 선생님." 코라는 결국 그렇게 말했다.

엘리노어는 한숨을 삼켰다. 코라도 회복할 것이다. 혼자 회복하지 못한다면, 케이드가 대화를 나눠 보겠지. 런디가 죽은 후부터는 케이드가 엘리노어의 2인자가 되었다. 엘리노어는 그 사실에 마음이 아팠지만 ― 그 아이는 아직 어렸고, 서류 작업을 하면서 커리큘럼을 짤 게 아니라 풀밭을 달리고 나무를 타야 할 나이였다 ― 케이드는 특별한 경우였고, 엘리노어도 도움이 필요하다는 사실을 부정할 수 없었다. 케이드는 언젠가 이 학교를 운영할 것이다. 지금부터 준비하는 게 나았다.

"적응은 잘 되어 가니?" 그녀는 물었다.

코라의 얼굴이 밝아졌다. 시무룩하고 당황하고 약간은 어쩔 줄 모르는 모습에서 벗어나면 그 아이가 얼마나 예뻐지는지, 놀라울 정도였다. 코라는 키가 작고 동글동글한 소녀로, 온몸이 곡선으로만 이루어졌다. 가슴과 배는 부드러운 곡선을 그렸고, 위팔과 허벅지는 폭신했으며, 손목과 발목은 놀랍도록 탐스러웠다. 두 눈은 무척 파랬고, 원래 지금 마당에 보이는 풀밭 같은 갈색이었던

긴 머리는 열대 물고기 같은 십여 가지 색조의 녹색과 파란색을 띠었다.

(코라가 여기에 오래 머문다면, 그래서 계속 메마른 상태로 산다면 그 머리카락도 다시 갈색으로 돌아갈 것이다. 엘리노어는 코라와 같은 문을 통과했던 아이들을 만나 본 적이 있었기에 그 사실을 알았지만, 코라에게는 그 녹색과 파란색이 바래기 시작하면 문이 영영 잠겼다는 뜻이라고 말해 줄 생각이 없었다. 내일이든, 1년 후든 간에 그렇게 되면 코라는 이제는 집이 아닌 이 바닷가에 영영 난파한 처지가 될 것이다.)

"다들 정말 친절했어요." 코라가 말했다. "케이드는 제 세계가 '나침반' 어디에 들어가는지 안다고, 그곳으로 갔던 다른 사람들을 찾아보게 도와준댔어요. 음, 그리고 앤젤라가 다른 여자애들을 다 소개해 줬는데, 그중에도 물의 세계로 갔던 아이들이 있어서 같이 할 얘기가 많아요."

"그거 잘됐구나." 엘리노어는 진심이었다. "혹시 필요한 게 있거든 나에게 알려다오. 알겠지? 난 학생들이 모두 행복하길 바란단다."

"네, 선생님." 대답하는 코라의 얼굴에서 광채가 사라지더니, 입술을 깨물고 전화기를 주머니에 넣고서 말했다. "전 가 봐야겠어요. 음, 나디아와 같이 연못에 갈 거예요."

"나디아에게 재킷 꼭 챙기라고 말해 주렴. 그 아이는 쉽게 감기에 걸리거든." 엘리노어는 코라가 서둘러 갈 수 있게 옆으로 비켜섰다. 이제는 학생들과 보조를 맞출 수가 없었다. 그건 좋은 일이겠지. 그녀가 빨리 닳아 없어질수록 집에 빨리 갈 수 있을 테니.

하지만 정말이지, 늙어 가는 데에도 지쳤다.

서둘러 계단을 내려가는 코라는 비웃음이나 모욕에 대비하느라 어깨를 살짝 구부정하게 굽힌 채였다. 여기에선 그런 일이 없는데도 그랬다. 이 학교에 도착한 지 6주가 지나도록 아무도 그녀를 '괴물'의 다른 말처럼 '뚱보'라고 부르지 않았다. 단 한 번도 그러지 않았다. 비공식적인 재단사로 일하며 이곳을 떠난 학생들이 남겨 둔 옷가지 수십 년치를 선별해서 보관하는 케이드가 그녀를 아래위로 훑어보고 사이즈를 말했을 때는 속으로 살짝 죽고 싶었지만, 케이드의 목소리에는 어떤 가치 판단도 들어 있지 않았다. 케이드는 그저 코라가 몸에 맞는 옷을 입길 바랄 뿐이었다.

다른 아이들도 서로 놀려 대고 싸우고 욕을 했지만, 그럴 때도 언제나 그들이 한 짓이나 갔던 장소에 대한 별명을 불렀지, 어떤 사람인지를 두고 욕하지는 않았다. 나디아는 오른팔 팔꿈치 아래가 없었는데, 아무도 그 애를 '병신'이라거나 '불구'라거나 코라의 예전 학교였다면 들었을 게 분명한 그런 말들로 부르지 않았다. 다들 조금은 더 친절해지는 방법을 배웠거나, 적어도 판단의 근거에 대해 조금 더 주의하는 방법을 배운 것 같았다.

코라는 평생 뚱뚱했다. 뚱뚱한 갓난쟁이였고, 수영 교실에서도 뚱뚱한 아기였으며, 초등학교에서는 뚱뚱한 어린이였다. 그녀는 날이 갈수록 '뚱보'란 '쓸모없음, 못생김, 공간 낭비, 아무도 원하지 않음, 역겨움'과 같은 말임을 알게 되었다. 3학년쯤 되었을 때는 스스로도 그렇게 믿었다. 아니면, 달리 어떻게 해야 했을까?

그러다가 코라는 '트렌치스(Trenches; 해구)'에 떨어졌고 (어떻게 거기 갔는지는 생각하지 마, 어쩌다가 돌아왔는지도 생각하지 마, 하지 마), 갑자기 아름다워졌다. 갑자기 코라는 강해졌고, 살을 에도록 차가운 물에서도 너끈한 몸이었으며, 그곳의 다른 누구보다도 더 깊이 잠수하고 멀리 헤엄칠 수 있었다. 그녀는 갑자기 용감하고 눈부시고 사랑받는 영웅이 되었다. 그러다가 다시 소용돌이에 빨려 들어가서 원래 집 뒷마당에 떨어졌을 때, 목에는 아가미가 없고 발에는 지느러미가 없는 몸으로 다시 마른 땅에 떨어졌을 때, 그녀는 죽고 싶었다. 다시는 아름다울 수 없다고 생각했다.

하지만 혹시 여기에서라면… 여기에서라면 아름다울 수 있을지도 몰랐다. 여기에서라면 존재를 허락받을지도 몰랐다. 이곳의 모두가 자기 나름의 안전, 아름다움, 소속감을 쟁취하려 싸우고 있었다. 어쩌면 코라도 그럴 수 있을지 몰랐다.

나디아는 현관에서 기다리고 있었다. 그녀는 곧 무너질 댐처럼 차분하면서도 열렬하게 손톱을 들여다보더니, 문이 닫히는 소리를 듣고 고개를 들었다. "너 늦었어." 화장지처럼 얇고 옅은 러시아 억양이 희미하게 남아서, 수초처럼 모음 주위를 휘감았다.

"방 바깥 복도에 웨스트 선생님이 있었어." 코라가 고개를 저었다. "거기 계신 줄도 몰랐어. 나이에 비해 정말 조용하서. 어쩜 그렇게 조용히 움직이는지."

"엘리노어는 보기보다 나이가 많아." 나디아가 말했다. "케이드가 그러는데 백 살이 다 됐대."

코라는 얼굴을 찌푸렸다. "그건 말이 안 되는데."

"라고 머리카락이 녹색과 파란색으로 자라는 소녀가 말하네요." 나디아는 말했다. "화장품 회사들이 널 잡아다가 해초 같은 음모가 자라는 여자애의 수수께끼를 알아내려고 하기 전에 부모님이 널 여기로 보내신 게 기적이야."

"야!" 코라가 비명을 질렀다.

나디아는 깔깔대며 현관 계단을 한 번에 두 개씩 내려가기 시작했다. 마치 그 계단이 가야 할 곳으로 데려다줄 거라고는 믿지 않는 것처럼. "난 진실만 말해. 난 널 사랑하고, 언젠가 너는 슈퍼마켓 잡지 표지에 나올 테니까. 톰 크루즈와 사이언톨로지 외계인들 바로 옆에."

"네가 날 신고해서겠지." 코라가 말했다. "웨스트 선생님이 너보고 코트 가져가라고 일러 주래."

"내가 코트를 입길 그토록 원하신다면 웨스트 선생님

이 직접 갖다주라지." 나디아가 말했다. "난 안 추워."

"그래. 하지만 넌 늘상 감기에 걸리잖아. 네가 폐를 쏟아 낼 듯이 기침하는 소리에 질리셨을 거야."

나디아는 됐다는 듯 손을 내저었다. "집으로 갈 기회를 얻으려면 고통은 감수해야지. 자, 가자, 가자, 얼른. 그 거북이들은 직접 몸을 뒤집지 않을 거야."

코라는 고개를 내저으며 걸음을 서둘렀다.

나디아는 학교에 오래 있던 학생 중 하나였다. 열한 살부터 열여섯 살인 지금까지, 5년 동안 있었다. 그 5년 동안 나디아의 문이 나타날 기미도 없었고, 나디아가 양부모에게 집에 데려가 달라고 하는 일도 없었다. 특이한 경우였다. 부모는 언제든 자식을 빼낼 수 있음을 다들 알았다. 나디아가 요청만 하면 이전에 살았던 삶으로 돌아갈 수 있었다. 모든 것이 달라지기 이전의 삶으로.

코라가 이야기를 나눠 본 모두에 따르면, 대부분의 학생은 4년이 지나도록 문이 나타나지 않으면 예전의 삶으로 돌아가기를 택했다.

"그때는 포기하는 거야." 케이드는 슬퍼진 표정으로 말했었다. "그때는 이렇게들 말하지. '날 원하지 않는 세계만 생각하면서 살 수는 없으니, 주어진 세계에서 살아가는 방법을 익히는 게 낫겠다'고."

나디아는 그러지 않았다. 나디아는 어떤 파벌이나 패거리에도 속하지 않았다. 친한 친구가 많지도 않고 친구를 원하는 것 같지도 않았지만, 그래도 떠나지 않았다. 교실에서 거북이 연못으로, 욕조에서 침대로 오가면서 아무리 감기에 계속 걸리더라도 언제나 머리카락을 적시고 다녔다. '물에 빠진 세계(the Drowned Worlds)'이자 '호수 아래의 땅'인 '벨리레카'로 돌아가는 길을 표시해줄 물거품을 찾아 언제나 물을 지켜보았다.

나디아는 코라가 학교에 온 첫날에 다가왔다. 코라가 식사하기도 무섭고(애들이 놀려 대면 어떡하지?) 돌아서서 도망치기도 무서워서(애들이 뒤에서 놀리면 어떡하지?) 식당 문 앞에 얼어붙어 있을 때였다.

"야, 신입." 나디아는 이렇게 말했다. "앤젤라가 그러는데 넌 인어였다며. 맞아?"

코라는 더듬더듬, 씨근거리면서 어찌어찌 맞다는 표시를 했다. 나디아는 능글맞게 웃으면서 코라에게 팔짱을 꼈다.

"잘됐네. 안 그래도 나보고 친구 좀 더 사귀라던데, 네가 딱이다. 우리같이 물에 젖은 여자애들은 같이 붙어 다녀야지."

그 후로 몇 주 동안, 나디아는 최고의 친구이자 최악의 친구였다. 노크도 없이 코라의 방문을 벌컥 열고 들어왔고, 코라의 룸메이트를 괴롭히고, 미스 웨스트에게 방 배정을 바꿔서 두 사람이 같은 방을 쓰게 해 달라고 졸랐다. 미스 웨스트는 계속 거부했는데, 학교에서 목욕을 제일 많이 하는 두 여자애가 같은 방에서 서로를 부추기기까지 한다면 다른 사람은 아무도 수건을 찾을 수가 없을 거라는 이유였다.

코라는 나디아 같은 친구가 처음이었다. 좋은 것 같기는 했다. 분명히 말하기 어려웠다. 이 모든 신기한 경험이 아직까지는 너무 얼떨떨했다.

거북이 연못은 들판에 놓인 판판한 은제 원반같이 햇빛 속에 반짝이고 있었는데, 수면을 깨뜨리는 것 역시 판판한 원반 같은 거북이들뿐이었다. 동면하기 전 몇 달 동안 맡은 무슨 기묘한 심부름이라도 있는지 헤엄쳐 가는 거북이들. 나디아가 땅바닥에서 나뭇가지를 하나 줍더니 달려갔다. 코라는 충실한 풍선처럼 따라가는 수밖에 없었다.

"거북이들아!" 나디아가 외쳤다. "너희 여왕이 돌아간다!"

나디아는 연못 가장자리에 도착하고도 멈추지 않았고, 얕은 물에 유쾌하게 몸을 던져 매끄럽기 그지없던 수면을 박살 내면서 물보라를 일으켰다. 코라는 물에서 몇 걸음 떨어진 곳에 멈춰 섰다. 그녀는 바다가 더 좋았고, 소금물과 피부에 파도가 닿을 때의 살짝 따끔한 느낌이 더 좋았다. 민물로는 부족했다.

"돌아와, 거북이들아!" 나디아가 외쳤다. "돌아와서 내 사랑을 받아 줘!"

바로 그때, 하늘에서 그 소녀가 떨어져서 거북이 연못 중간에 내려앉았다. 어마어마한 물보라가 거북이들을 하늘에 띄웠고, 진흙 섞인 연못물이 코라와 나디아를 흠뻑 적셨다.

누구에게나

중 력은 작동한다

연못 속의 소녀가 퉤퉤거리면서 일어섰다. 머리에는 수초가 붙었고 복잡한 드레스 주름 사이에는 어리둥절한 거북이 한 마리가 걸려 있었다. 그 드레스는 누군가가 무도회 드레스와 웨딩 케이크를 둘 다 일렉트릭 핑크로 염색한 후 한데 섞은 결과물처럼 보였다. 게다가 녹아내리는 것 같기도 했는데, 솔기가 뜯어지면서 줄줄이 팔 아래로 흘러내리고 있었다. 곧 소녀는 알몸이 될 터였다.

연못 속의 소녀는 그 사실을 알아차리지 못했거나, 그냥 신경 쓰지 않는 것 같았다. 눈에 흘러내린 물과 녹아내린 드레스를 같이 닦아 옆으로 튕기며 마구 던지다가, 물가에 서서 입을 딱 벌리고 쳐다보는 코라와 나디아를 발견했다.

"너희!" 소녀는 두 사람 쪽을 가리키며 외쳤다. "날 너희지도자에게 데려다줘!"

코라는 딱 소리 나게 입을 닫았다. 나디아는 계속 입을 벌리고 쳐다보았다. 둘 다 규칙이 다른 세계로 여행했지만, 코라는 아름다운 리즌(Reason: 이성)의 세계였고 나디아는 흠 잡을 데 없는 로직(Logic: 논리)의 세계였다. 거북이 비를 내리며 하늘에서 떨어져서 소리를 질러 대는 여자애한테는 아무 대비가 되어 있지 않았다. 특히나 여기, 둘 다 비극적으로 뻔하고 지루하다고 생각한 이 세상에서는.

코라가 먼저 정신을 차렸다. "미스 엘리노어 말인가요?" 코라는 물어보면서 안도감을 느꼈다. 그래. 이제 열일곱 살쯤 되어 보이는 이 소녀는 엘리노어 선생님과 이야기하고 싶을 거야. 새로운 학생일지도 몰라. 이건 학기 중간에 입학하는 방법이고.

"아니." 소녀는 부루퉁하게 말하더니, 팔짱을 끼면서 어깨에 앉은 거북이를 털어 냈다. 거북이는 커다란 풍덩 소리와 함께 연못에 다시 떨어졌다. "내 어머니 말이야. 집에서도 어머니가 대장이었으니까, 여기도 분명 그렇겠지. 그래야…" 소녀는 입술을 말더니, 맛이 지독하다는 듯이 다음 말을 뱉어 냈다. "논리적이잖아."

"어머니 이름이 뭔데요?" 코라가 물었다.

"오니시 스미." 소녀가 말했다.

나디아가 드디어 충격을 떨쳐 냈다. "그건 불가능해." 나디아는 소녀를 노려보면서 말했다. "스미는 죽었어."

소녀는 나디아를 응시했다. 그러더니 허리를 굽히고, 연못 속에 손을 넣어서 거북이 한 마리를 들어 올리더니, 있는 힘껏 나디아의 머리에 집어던졌다. 나디아는 피했다. 소녀의 드레스는 결국 물에 조각조각 녹아서 다 떨어져 내리고, 분홍색 슬라임 같은 것에 뒤덮인 알몸만 남았다. 코라는 손으로 눈을 가렸다.

아무래도 오늘은 방 밖으로 나서지 말 걸 그랬나 보다.

대부분 사람들은 코라를 만나면 뚱뚱하니까 게으를 거라고, 아니면 건강이 안 좋을 거라고 추측했다. 코라가 강도 높은 운동을 하기 전에 무릎과 발목을 감싸야 하는 것은 사실이지만 -테이프 몇 번만 감아 놓으면 나중에 겪을 아픔을 많이 줄일 수 있었다- 그 추측이 맞는 부분은 거기까지였다. 코라는 언제나 달리기 선수였다. 코라가 어렸을 때 어머니는 딸의 몸무게에 대해 걱정하지 않았는데, 코라가 운동장을 질주하는 모습을 보면 아무도 그 아이의 건강에 문제가 있다고 생각할 수 없었기 때문이다. 아이가 통통한 건 어디까지나 급성장할 준비 단계라고 여겼다.

정작 성장기가 왔을 때는 코라가 비축해 둔 살이 다 키가 되지 않았지만, 그래도 여전히 그녀는 달렸다. 그녀는 살아 있는 구름처럼 크고 폭신하면서도 민첩하게 태어난 소녀같이 달리는 게 아니라, 사람들이 나디아 같은 여자애들에게나 가능하다고 생각한 방식으로, 그러니까 칼날처럼 바람을 가르면서 달렸다.

코라는 발을 구르고 팔을 휘두르면서 현관 계단에 도착했다. 달리기 자체에 너무 몰두했던 나머지 앞을 제대로 보지 못한 소녀는 크리스토퍼를 정통으로 들이받았고, 둘 다 그대로 나가떨어졌다. 코라는 비명을 질렀고, 크리스토퍼는 고함을 질렀다. 그들은 현관 밑에 팔다리가 엉킨 채로 내려앉았는데, 주로 크리스토퍼가 아래쪽에 있었다.

"으악." 크리스토퍼가 말했다.

"아씨!" 코라의 비명은 스트레스와 공포가 단단히 들러 붙은 한 마디였다. 이걸로 끝이었다. 이것으로 그녀는 새로운 학생이 아니라 어설픈 뚱보 여자애가 될 것이다. 코라는 최대한 빨리 몸을 떼어 내려다가 균형을 잃고 쓰러졌고, 그 바람에 일어서는 게 아니라 구르고 말았다. 그녀는 크리스토퍼와 신체 접촉이 없을 만큼 멀어지고 나서야 두 손과 무릎을 짚고 일어나서 조심스럽게 소년을 쳐다보았다. 이제 쟤가 소리를 지를 테고, 그러면 나는 울테고, 그동안 나디아는 죽은 사람을 불러내라는 이상한 애와 둘만 있겠지. 오늘 시작만 해도 참 좋았는데.

크리스토퍼도 똑같이 조심스럽고, 똑같이 상처받은 얼굴로 코라를 마주 쳐다보았다. 그녀가 쳐다보고 있자 그는 흙바닥에 떨어진 뼈 피리를 주워 들고 상처받은 투로 말했다. "전염성은 없는데."

"뭐가 전염성이 없어?"

"유니콘과 무지개로 이뤄지지 않은 세계에 가는 것 말이야. 옮는 게 아니라고. 날 건드린다고 네가 간 곳이 달라지진 않아."

코라의 두 뺨이 빨개졌다. "아, 아니야!" 그녀는 붙잡혀서 달아나려고 허우적대는 파랑비늘돔처럼 두 손을 파닥거렸다. "난 그런 게, 그게 아니고, 그러니까 난—"

"괜찮아." 일어선 크리스토퍼는 키가 크고 날씬했으며, 갈색 피부에 검은 머리였고, 왼쪽 옷깃에 작게 두개골 모양의 핀을 꽂고 있었다. 그는 언제나 재킷을 입었는데, 주머니 때문이기도 했고 달아날 준비 때문이기도 했다. 대부분 아이들이 그런 식으로 지냈다. 그들에겐 언제나 신발이든 가위든 뭐든 간에, 문이 다시 나타나서 여기 남을지 떠날지 선택해야 하는 순간, 이를 전하기 위해 갖고 있는 부적이 있었다. "네가 처음도 아니야."

"난 네가 나더러 들이받았다고 화내고 뚱보라고 부를 줄 알았어." 코라가 불쑥 말해 버렸다.

크리스토퍼는 눈썹을 올렸다. "난… 좋아, 그건 내 예상과 다르군. 나는, 음. 그건 뭐라고 해야 할지 모르겠는걸."

"나도 내가 뚱뚱한 건 알지만, 문제는 어떻게 말하느냐야." 코라는 겨우 두 손을 내려놓고 말했다. "네가 욕하는 투로 뚱보라고 할 줄 알았다는 뜻이야."

"이해했어." 크리스토퍼는 말했다. "난 멕시코계 미국인이야. 예전에 다니던 학교에서는 날 앵커 베이비(불법체

류 외국인이 미국에서 출산해서 미국 국적을 얻은 아기를 말한다 – 옮긴이 주)라고 부르거나, 부모님은 합법 맞냐고 물어보면서 재미있어하는 애들이 여럿 있었는데, 그게 역겨웠거든. 그러다 보니 '멕시칸'이라는 말도 하기 싫어졌어. 사실은 그게 내 문화고, 내 혈통이고, 내 가족인데도 걔네가 말하면 욕처럼 들렸으니까. 그러니까 이해해. 마음에 들진 않지만, 네 잘못은 아니야."

"아, 다행이다." 코라는 안도의 한숨을 내쉬었다가, 코를 찡그리면서 말했다. "난 가 봐야겠어. 미스 엘리노어를 찾아야 해."

"그래서 그렇게 급하게 뛴 거야?"

"으응." 코라는 빠르게 고개를 끄덕였다. "거북이 연못에 이상한 여자애가 있는데, 나는 한 번도 못 들어봤지만 나디아 말로는 죽었다는 누군가의 딸이라고 주장하고 있어. 그러니까 어른이 필요할 것 같아."

"어른이 필요하다면, 엘리노어가 아니라 케이드를 찾아야지." 크리스토퍼는 그렇게 말하고 문 쪽으로 향했다. "그 죽은 사람이 누군데?"

"스미라고 하던데."

크리스토퍼의 손가락이 뼈 피리를 단단히 쥐었다. "더 빨리 걸어야겠다." 코라는 그 말대로 뒤따라 계단을 올라가서 학교 안으로 들어갔다.

복도는 서늘하니 텅 비어 있었다. 진행 중인 수업은 없었다. 다른 학생들은 캠퍼스 여기저기에 흩어져서 주방에서 수다를 떨고 있거나, 각자 방에서 자고 있을 터였다. 학교라면 소음과 활기가 폭발해도 당연하련만, 이곳은 놀랍도록 조용할 때가 많았다.

"스미는 네가 오기 전에 있었던 학생이야." 크리스토퍼가 말했다. "'컨펙션'이라는 세계에 갔었는데, 그곳에서 솜사탕 백작 부인을 화나게 하는 바람에 정치적인 유배 선고를 받아 쫓겨났지."

"부모님이 데려가셨어?"

"살해당했어."

코라는 침통하게 고개를 끄덕였다. 그 연쇄살인에 대해서라면 들어보았다. 질이라는 여자애가, 필요하다면 얼마든지 다른 아이들에게서 문을 잘라 내어 자기 집으로 가는 문을 열겠다고 결심했다는 이야기. 그 이야기는 끔찍했지만, 부끄럽게도 이해가 가기도 했다. 필요한 기술만 있다면 여기 학생들 중 많은 수가 똑같은 짓을 했을 것이다. 대부분까지는 아니라도, 많은 수가 말이다. 질이 한 짓에 대해 이율배반적인 존경심을 품은 듯한 아이들마저 있었다. 물론 질은 사람들을 죽였다. 그래도 결국엔 그 덕분에 집에 간 셈이 아닌가.

"스미를 죽인 범인은 도저히 내 친구라고 할 수 없지만, 걔 언니는 친구 비슷했어. 우린… 잭과 질은 '무어스'라는 세계로 갔는데, 걔들 말을 들어보면 호러 영화 비슷한 곳이었지. 많은 애들이 날 걔네와 한 덩어리로 묶었어. '마리포사' 때문에."

"마리포사가 네가 간 세계야?"

크리스토퍼는 고개를 끄덕였다. "엘리노어는 아직도 마리포사가 페어리랜드인지, 언더월드인지, 아니면 그 사이 어디쯤 있는 새로운 곳인지 결정을 못 내리고 있어. 이래서 라벨에 너무 집착하면 안 되는 거야. 난 그게 우리가 잘못하고 있는 부분 같기도 해. 우린 모든 것의 앞뒤를 맞추려고 해. 절대로 맞지 않을 때마저도."

코라는 아무 말도 하지 않았다.

복도 끝에 있는 닫힌 문이 엘리노어의 스튜디오 문이

었다. 크리스토퍼가 나무를 똑똑 두 번 두드리더니, 누구냐는 질문을 기다리지 않고 열었다.

안에서는 엘리노어가 붓을 손에 들고, 이미 몇 겹을 칠한 듯 보이는 캔버스 위에 유화 물감을 덧바르고 있었다. 케이드도 함께여서, 커피 잔을 두 손으로 감싸 쥐고 창가 자리에 앉아 있었다. 둘 다 열린 문을 쳐다보았는데, 엘리노어는 즐거운 기색이었고 케이드는 한 박자 늦게 어리둥절한 얼굴이었다.

"코라!" 엘리노어가 말했다. "나랑 같이 그림 그리러 왔니? 그리고 크리스토퍼. 그 모든 일을 겪고 나서 네가 친구를 사귀는 모습을 보니 좋구나."

크리스토퍼는 얼굴을 찡그렸다. "네, 미스 엘리노어. 사실 저희가 미술 수업 때문에 온 건 아니고요. 거북이 연못 안에 누가 있어요."

"나디아야?" 케이드가 물었다.

"이번엔 아니에요." 코라가 말했다. "하늘에서 떨어진 여자애인데, 머리카락은 까맣고, 드레스는 젖으니까 다 허물어졌고요. 그 애가 하는 말이…." 예전에 '얼어붙은 눈물의 뱀'과 싸웠던 코라라 해도 소화할 수 없을 만큼 터무니없는 이야기에 이르자 말이 멈췄다.

다행히도 크리스토퍼에게는 그런 한계선이 없었다. "자기 어머니가 스미라고 한다는군요. 누구든 거북이 연못에 가서 대체 이게 무슨 일인지 알아봐야 하지 않을까요?"

케이드가 자세를 바로 하고 앉았다. "내가 갈게."

"가 보렴." 엘리노어가 말했다. "난 여기를 정돈하마. 알아보고 나서 그 아이를 사무실로 데려와."

케이드는 고개를 끄덕이며 머그잔을 내려놓고, 자리에서 미끄러져 내려와서 서둘러 코라와 크리스토퍼를 데리고 문 밖으로 나갔다. 엘리노어는 셋이 가는 모습을 조용히 지켜보다가, 문이 닫히고 나자 두 손에 얼굴을 파묻었다.

스미의 컨펙션은 난센스 세계로, 사물의 질서를 지배하는 정상적인 법칙에 매여 있지 않았다. 그곳에는 스미가 언젠가 돌아와서 케이크 여왕의 군대를 무너뜨리고, 자비로운 왕조를 세우리라는 예언 비슷한 것이 있었다. 일단 예언이 있었으니 그 미래도 그대로 이루어질 거라 안심하고 있었다고 봐야 하리라. 그런데 이제는 스미가 죽었고, 그 미래는 무너지고 있었다.

충분한 시간 동안 방치하기만 하면 모든 것이 그랬다. 미래든, 과거든 마찬가지였다. 모든 것이 무너져 내렸다.

죽은 여자의

딸

낯선 소녀는 이제 거북이 연못 안에 있지 않았다. 그나마 나아진 셈이지만, 확실히 상황이 개선됐다고는 할 수 없었다. 물도 거북이도 없으니, 낯선 소녀에겐 몸을 가릴 게 하나도 없었다. 그녀는 진흙탕에 벌거벗은 몸으로 서서 팔짱을 끼고 나디아를 노려보고 있었고, 나디아는 그 소녀를 외면하느라 사방에 시선을 던지고 있었다.

크리스토퍼는 케이드 왼쪽에서 얕은 언덕을 넘다 말고 휘파람을 불었다. 케이드 오른쪽에 있었던 코라는 얼굴을 붉히며 눈을 돌렸다.

"스미와 닮긴 했네. 스미가 나이가 더 들고, 키가 더 크고, 더 화끈해진다면 말이야." 크리스토퍼가 말했다. "혹시 누가 무슨 회사에 하늘에서 아름다운 일본 소녀들을 떨어뜨리라는 주문이라도 넣었어? 혹시 특별 주문도 받나?"

"네가 네 위로 떨어졌으면 하는 여자애라면 의료용품 회사에서 파는 해골뿐일 텐데." 케이드가 말했다.

크리스토퍼는 웃음을 터뜨렸다. 코라는 얼굴이 더 붉어졌다.

세 사람을 발견한 나디아가 머리 위로 두 손을 미친 듯이 흔들면서 구조 신호를 보냈다. 혹시 그 정도 신호로는 부족할까 봐 소리도 질렀다. "여기야! 벌거벗은 여자 옆!"

"프로스팅을 입히든 안 입히든, 케이크는 케이크지." 낯선 소녀는 새침하게 말했다.

"넌 케이크가 아니야. 넌 사람이야. 그리고 내 눈에 네 성기까지 다 보여." 나디아가 쏘아붙였다.

이방인은 어깨를 으쓱였다. "괜찮은 질이지. 난 부끄럽지 않아."

케이드가 걸음을 조금 빨리했다.

그는 고함을 치지 않고 대화할 만한 거리에 접근하자 말했다. "안녕. 난 케이드 웨스트야. 여기 방황하는 아이들을 위한 엘리노어 웨스트의 학교에서 교감을 맡고 있지. 뭘 도와줄까?"

벌거벗은 소녀는 빙글 몸을 돌려 케이드를 보더니, 두

팔을 내리고 활발하게 몸짓을 하기 시작했다. 막 하늘에서 떨어졌을 때 그곳에 있었던 여자애 둘에 더해서 남자애들 둘이 늘었다는 사실은 조금도 거리끼는 것 같지 않았다.

"난 내 어머니를 찾고 있어." 그녀는 큰 소리로 말했다. "원래 여기 있었는데, 이젠 없잖아. 나한테 문제가 생겼으니까, 지금 당장 어머니를 찾아서 돌려놔. 너희보다 나에게 더 필요하니까!"

"천천히." 케이드가 말했다. 워낙 합리적인 말투로 요구해서인지, 낯선 소녀도 소리 지르기를 멈추고 가만히 케이드를 보며 살짝 당황한 듯한 큰 눈을 깜박였다. "쉬운 것부터 시작하자. 네 이름은 뭐지?"

"오니시 리니." 낯선 소녀가, 아니 리니가 말했다. 그녀는 실제로 놀라울 만큼 스미와 닮았다. 스미가 더 오래 살아서 막히고 꼬인 사춘기를 통과해 냈더라면, 키가 크고 유연해지면서 가슴이 솟은 몸이 되었더라면, 그렇게 생겼으리라. 눈동자만 달랐다. 리니의 눈은 선명한 주황색에, 동공 주위를 가느다란 하얀 고리가 감쌌고 홍채 바깥쪽으로는 얇게 노란색 고리가 들어가 있었다.

옥수수사탕(candy corn; 미국에서 가을이 오면 판매하는 옥수수 알 모양의 사탕으로, 흰색과 주황색과 노란색으로 이루어져 있다 - 옮긴이 주) 눈동자였다. 케이드는 그 눈을 보자마자 어떤 질문도 의심도 없이 스미의 딸이라는 사실을 알았다. 스미가 집으로 돌아가서 옥수수사탕 농부를 다시 만났을 어떤 미래, 이제는 불가능하고 망가진 어떤 미래에 낳았을 딸. 그 어떤 스미는 행복했을 것이다. 어쩌다가 그녀의 과거 자아가 살해당하고 모든 것이 무너져 내리기 전까지는.

때로 난센스의 변두리에 산다는 것은 그냥, 불공평한 일이었다.

"난 케이드야. 이쪽은 내 친구들, 크리스토퍼, 코라, 나디아고."

"난 쟤 친구가 아니야." 나디아가 말했다. "난 '물에 빠진 소녀'거든." 그녀는 위협하는 척 이를 드러냈다.

케이드는 그 말을 무시했다. "만나서 반가워, 리니. 이보다 조금은 더 나은 상황에서 만났다면 더 좋았겠지만 말이야. 같이 저택으로 가지 않을래? 내가 학교 옷장을 관리하거든. 입을 만한 옷을 찾아 줄 수 있어."

"왜?"리니는 짜증을 내며 물었다. "너도 내 질이 모욕적이야? 이쪽 세상 사람들한테는 이게 없어?"

"질을 가진 사람은 많고, 질에는 아무 문제도 없으며, 네가 보여 주고 있는 건 정확하게는 외음부이지만, 여기에선 요청도 안 한 사람들에게 생식기를 드러내 보이고 돌아다니는 게 좀 무례한 짓으로 간주되거든." 케이드는 말했다. "엘리노어가 저택 안에 있으니까, 네가 옷을 입고 나면 같이 앉아서 대화를 나눌 수 있을 거야."

"난 대화할 시간 없어." 리니가 말했다. "내겐 어머니가 필요해. 제발, 어머니는 어디 있어?"

"리니….."

"넌 *이해* 못해!" 리니는 비통하게 울부짖으며 왼손을 내밀었다. "나에겐 시간이 없다고!"

"허." 나디아의 반응이었다.

다들 달리 말이 없었다. 나디아를 제외한 나머지는 손가락 두 개가 사라진 리니의 왼손을 쳐다보느라 바빴다. 잘려 나간 게 아니었다. 흉터도 남아 있지 않았다. 원래 그렇게 태어난 것도 아니었다. 마치 세상에 뚫린 구멍처럼, 리니의 손가락이 있었을 자리가 아주 확실하게 비어 있었다. 손가락은 그냥 사라졌다. 리니의 미래가 어떻겐가, 어떤 식으로든, 리니의 어머니가 결코 딸을 잉태할 수 없었고 그래서 리니도 태어나지 않았다는 아이디어에 휩쓸리면서 그 존재가 희미해진 것이다.

리니는 손을 내리고 다시 말했다. "제발."

"이러면 얘기가 달라지지." 케이드가 말했다. "가자."

리니는 키가 크고 날씬했지만, 많은 학생들이 키가 크고 날씬했다. 코라가 생각하기에는 지나치게 많이 그랬다. 그녀는 사회적으로 용인되는 몸의 소유자들 또한 모험을 다녀왔다는 게 마음에 들지 않았다. 옹졸하고 쩨쩨한 생각이고, 애초에 품지도 말았어야 하는 데다 더 파고들어서는 안 될 생각인 줄도 알았지만, 감정은 어쩔 수가 없었다. 리니는 술 취한 앵무새 같은 패션 감각을 갖고 있어서 눈부신 색깔과 반짝이는 것들에 끌려 했는데, 그것역시 학생들 사이에 드물지 않은 성향이었다. 많은 학생들이 사람들의 눈을 괴롭힌다는 생각을 하면 신이 나서섬세함을 내다 버리는 세상들로 여행했기 때문이었다.

결국 케이드는 리니를 구슬러서 무지개색 선드레스를

입혔다. 햇빛 아래 놓인 셔벗처럼 색깔이 녹아내리듯 번지게 염색한 옷이었다. 발에는 슬리퍼를 신겼는데, 양쪽 발이 모양과 크기는 같았지만 염색을 다르게 해서 한 짝은 양귀비색이고 다른 한 짝은 터키옥색이었다. 케이드는 머리를 묶을 리본도 챙겨 줬다. 그 결과 지금 그들 다섯 명은 엘리노어의 응접실에 앉아 있었다.

엘리노어는 자기 전 기도라도 올리는 아이처럼 두 손을 단단히 깍지낀 채 책상 앞에 앉았다.

"…그러니까 엄마는 죽을 수 없어." 리니가 결론을 맺었다. 리니의 이야기는 길고 횡설수설인 데다 한 번씩 터무니없어졌고, 정치 쿠데타와 팝콘 싸움으로 가득했다. 여기에서 팝콘 싸움이란 눈싸움과 비슷한데 좀 더 끈적이는 싸움을 뜻했다. 리니는 의기양양함과 희망 사이 어딘가의 표정으로 나머지 모두를 둘러보았다. 사람들 앞에서 차근차근 진술을 했으니 보상을 받겠다는 태세였다. "그러니까 제발 우리가 같이 가서 엄마에게 그만하라고 말할 수 있을까? 난 존재해야 해. 중요한 일이라고."

"정말 미안하다만, 이 세계에서는 죽음이 그런 식으로 작동하지 않는단다." 엘리노어가 말했다. 한 마디 한 마디가 아팠고, 말하면서 어깨가 점점 더 내려앉았다. "여기는 논리적인 세계거든. 여기에서는 행동에 결과가 따라. 죽은 것은 죽었고, 묻힌 것은 묻혀 있지."

리니는 얼굴을 찌푸렸다. "그건 바보 같고 멍청해. 난 논리적인 세계 출신이 아니고, 엄마도 마찬가지니까, 우리한텐 그게 중요하지 않을걸. 난 어머니를 되찾아야 해. 난 태어나야 해. 중요한 일이야. 나는 중요하다고."

"모두가 중요하지." 엘리노어가 말했다.

리니는 나머지 사람들을 둘러보며 호소했다. "부탁이야. 제발, 저 멍청한 늙은 여자가 그만 끔찍하게 굴도록 하고 내 어머니를 돌려줘."

"우리 이모를 멍청한 늙은 여자라고 부르지 마." 케이드가 말했다.

"괜찮다, 얘야." 엘리노어가 말했다. "나는 멍청한 늙은 여자가 맞고, 이보다 덜한 이유로 더한 욕도 먹어 봤단다. 이 일은 내가 바로잡을 수가 없구나. 할 수만 있다면 좋겠다만."

리니가 이야기를 끝낸 후부터 점점 더 표정을 구기고 있던 코라가 눈을 들어 리니를 보더니 물었다. "넌 어떻게 온 거야?"

"방금 말했잖아." 리니가 대답했다. "내 어머니와 아버지가 옥수수사탕 추수에 참여하기 전, 라즈베리 다리에서 케이크 여왕을 물리친 다음 해에 섹스를 했어. 여기도 섹스는 있는 거 맞지? 아니면 논리적인 세상에선 사람들이 출아법으로 재생산을 해? 그래서 내 질을 보고 그렇게 당황한 거야?"

케이드가 손으로 얼굴을 감싸 쥐었다.

"음." 코라는 두 뺨이 홧홧해져서 말했다. "응, 우리도, 어, 우리도 섹스는 해. 그리고 제발 그 '질'이라는 말 좀 그만하면 안 될까? 그런데 내가 물어본 건 어떻게 여기에 왔냐는 거야. 어쩌다가 우리 거북이 연못에 떨어졌어?"

"아하!" 리니는 오른손을 들어 올렸다. 아직 손가락이 다 달려 있지만, 슬슬 존재가 지워지기 시작한 손이었다. 손목에 팔찌가 하나 단단히 끼워져 있었는데, 어린아이가 낄 법한 팔찌로 줄 하나에 구슬을 꿰어서 잃어버리지 않도록 단단하게 묶은 형태였다. "퐁당 마법사가 나한테 오갈 수 있는 방법을 줬어. 내가 여기로 와서, 엄마를 찾아서, 뭔지는 몰라도 내가 태어나지 못하게 만드는 짓은 그만하라고 말할 수 있게 말이야. 원래 난 지금쯤 우리 서쪽 국경에 있을 위협을 찾아서 당밀 습지를 돌아다니고 있어야 하거든. 중요한 일이야. 그러니까 서두를 수 있다면 참 좋겠지."

그 말이 끝나자 침묵이 이어졌다. 팽팽하게 당긴 채로 쏘기만 기다리는 활줄 같은 침묵이었다. 리니는 천천히 팔을 내리고 주위를 둘러보았다. 모두가 그녀를 쳐다보고 있었다. 크리스토퍼가 침을 꿀꺽 삼키자 목 근육이 탕 튀었다. 나디아의 눈에는 눈물이 고여 있었다.

"뭔데?" 리니가 물었다.

"왜 스미를 여기 내버려 둔 거야?" 케이드의 목소리가 갑자기 낮고 위험해졌다. 그는 일어서서 리니 쪽으로 성큼 다가갔다. "스미는 학교에 왔을 때 엉망진창이었어. 난 우리가 걜 잃을 줄 알았지. 스미가 혈관에서 사탕을 꺼내겠다고 자기 몸을 잘라서 열 줄 알았어. 그런데 네가 여기 나타나서는, 그냥… 별것도 아닌 일처럼 여기 왔다가 다시 갈 수 있는 물건을 가지고 있다고? 문은 중요하지도 않다는 듯이? 그렇다면 왜 스미를 여기에 내버려 뒀어? 왜 너무 늦어 버리기 전에 누구든 와서 데려가지 않은 거야?"

리니는 주춤해서 케이드로부터 물러나더니, 정신없이 크리스토퍼와 나디아를 흘끔거리며 도움을 구하려 했다. 나디아는 외면했다. 크리스토퍼는 고개를 저었다.

"난 몰랐어!" 리니는 외쳤다. "엄마는 언제나 이 학교가 좋았다고, 여기에서 친구들도 사귀고 이것저것 배우고 또 비뚤어지고 싶다는 걸 확실히 알 만큼 정신을 차렸다고 했단 말이야! 한 번도 나보고 더 빨리 데리러 오라고 하지 않았어!"

"그런 부탁을 했다면 네가 태어나지 못했을지도 모르니까." 엘리노어가 말했다. 그녀는 헛기침을 하고 나서 조금 더 큰 소리로 말했다. "사랑하는 조카야, 제발 우리 손님을 괴롭히지 말거라. 일어난 일은 일어난 일이고, 과거는 과거야. 그리고 과거를 바꿀 방법을 찾으려면 아직 할 수 있는 일이 무엇이고, 아직 제외되지 않은 일이 무엇인지에 집중해야 할 것 같구나."

"그 구슬 팔찌가 우릴 어디든 데려다줄 수 있어?" 크리스토퍼가 물었다. "어떤 세계라도?"

"그럼." 리니가 대답했다. "설탕만 있다면 어디든."

크리스토퍼의 손가락이 뼈 피리의 표면을 연주하며, 음표의 유령들을 달랬다. 아무도 그들의 소리를 듣지 못한다 해도 상관없었다. 그는 그들이 거기 있음을 알았다.

"내가 바로잡을 방법을 알 것 같아." 그는 말했다.

잭과 질이 무어스에 돌아가기 전까지 썼고, 그 후에는 낸시가 망자의 전당에 돌아가기 전까지 썼던 지하실은 지금 크리스토퍼의 방이었다. 그는 그 방에 미신 같은 희망을 품었는데, 이전에 살던 방 주인 세 명이 문을 찾을 수 있었으니 자기도 분명히 문을 찾을 거라는 희망이었다. 어떤 사람이 보기에는 이런 마법적인 사고가 난센스로 보일지 모르지만, 그는 금잔화 달빛을 받으며 해골들과 춤을 췄고, 입술이 없는 해골 소녀의 반짝이는 두개골에 입을 맞췄으며 그 소녀를 평생 그 누구보다도, 그 무엇보다도 사랑했다. 그러니 버티는 데 도움만 된다면 난센스 약간쯤은 누릴 자격이 있다고 생각했다.

그는 다른 사람들을 이끌고 방 안쪽에 있는, 금속 선반 걸이에 드리운 벨벳 커튼으로 향했다.

"잭은 떠날 때 아무것도 가져가지 않았어. 그러니까, 질

빼고는 말이야. 질을 챙기느라 남는 손이 없었지." 잭은 질을 결혼식 날 밤의 신부처럼 품에 안고서 문지방을 넘었고, 두 사람 모두의 완성이었던 끝없는 황야 속으로 걸어 들어가면서 한 번도 돌아보지 않았다. 단 한 번도. 크리스토퍼는 아직도 가끔 그 뒤를 따라가는 꿈을 꾸었다. 결코 그를 행복하게 만들어 주지는 못했겠지만, 그래도 여기보다는 아주 조금이나마 덜 비참하게 만들어 줬을지 모르는 세상으로 달아났다면 어땠을까.

"그래서?" 나디아가 물었다. "잭과 질은 소름 끼치는 애들이었어."

"그래서 내가 잭의 물건과 더불어 질의 물건을 다 물려받았고, 질은 완벽한 소녀를 만들고 있었지." 그는 커튼을 젖혀 호박색 액체와… 다른 것들이 들어간 유리단지 십여 개를 내보였다. 원래 같으면 따로 볼 일이 없는 신체 부위들이었다.

크리스토퍼는 까치발을 들고 몸을 기울이더니, 높은 선반에서 1갤론짜리 단지 하나를 내렸다. 그 안에는 언제까지나 놀란 채로 손가락을 쫙 편 채 보존된, 하얀 불가사리 같은 손 한 쌍이 떠 있었다.

케이드의 목소리에 살얼음이 꼈다. "저건 우리가 묻었을 텐데."

"나도 알아." 크리스토퍼가 말했다. "하지만 가족이 스미를 묻으려고 데려간 후부터 내가 악몽을 꾸기 시작했어. 스미의 해골이 영영 불완전한 상태로 있게 되는 악몽. 그래서 난… 음, 난 삽을 챙겨서 이 손을 파냈지. 그렇게 해서 챙겼어. 이러면 혹시 스미가 돌아올 경우에 내가 다시 합쳐 줄 수 있으니까. 스미가 영영 망가진 채일 필요는 없잖아."

케이드는 그를 빤히 바라보았다. "크리스토퍼, 너 정말로 그동안 내내 스미의 잘린 손들과 침실을 같이 썼다는 거야? 그건 정상이 아닌데." 당황하면 강해지는 케이드의 오클라호마 억양이 지금은 꿀처럼 진해져 있었다.

반면에 리니는 이 상황에 조금도 심란해 보이지 않았다. 흥미롭다는 듯이 눈을 크게 뜨고 단지를 보고 있었다. "저게 내 어머니의 손이야?" 리니가 물었다.

"그래." 크리스토퍼는 단지를 조심스럽게 들고 다른 이들 쪽으로 몸을 돌렸다. "스미가 어디에 묻혔는지 안다면, 내가 온전하게 짜 맞출 수 있어. 그러니까, 내가 피리를 불어서 무덤에서 꺼낸 후에 손을 돌려줄 수 있다는 뜻이야."

"뭐라고?" 코라의 반응이었다.

"으엑." 나디아의 반응이었다.

"해골은 보통 자식을 낳지 않아." 케이드가 말했다. "뭘 하자는 건데?"

크리스토퍼는 깊게 숨을 들이마셨다. "내 제안은 이래. 우리가 스미를 무덤에서 꺼낸 다음, 가서 낸시를 찾는 거야. 낸시는 망자의 전당에 있잖아? 그러니까 유령들이 어디로 가는지 알 거야. 혹시 낸시가 스미가 간 곳을 말해 줄 수 있다면, 우리가… 스미를 다시 합칠 수 있을지도 몰라."

다시 침묵이 내려앉았는데, 이번에는 생각에 잠긴 침묵이었다. 마침내 엘리노어가 미소지었다.

"도무지 말도 안 되는구나." 그녀는 말했다. "그러니 성공할지도 모르지. 가거라, 애들아. 가서 너희들의 길 잃고 망가진 누이를 집으로 데려오렴."

2

망자의 전당으로

우리가 파묻는 것은 사라지지 않고,

그저 치워져 있을 뿐

이 여행에 나선 다섯 명, 그러니까 나디아와 코라와 리니와 크리스토퍼와 케이드 중에서 운전할 줄 아는 사람은 케이드뿐이었다. 그러니 학교의 미니밴 운전석에 처박혀서 눈은 길을 보고 입술은 기도문을 읊으며, 모두를 멀쩡한 몸으로 목적지까지 데려가는 데 집중하고 있는 사람도 케이드였다.

리니는 자동차에 타 본 적이 없었고, 꽉 죄는 기분이 마음에 들지 않는다며 자꾸 안전벨트를 풀었다. 나디아는 창문을 다 내려야만 타고 갈 수 있다고 주장했는데, 코라는 추운 게 싫어서 히터를 계속 올렸다. 한편 크리스토퍼는 라디오 볼륨을 최대치로 올려야 한다고 고집했는데, 보통 그가 연주하는 노래들은 죽은 사람에게만 들렸으니 도무지 앞뒤가 맞지 않는 주장이었다.

그들이 죽지 않고 목적지에 도착한다면 기적일 터였다. 케이드는 스미가 있을 사후세계가 어떤 곳이든 간에 그곳으로─아마도 있을 리 없는 문을 통과한 10대들에게 주어질 곳─ 가는 건 좋지 않다고 생각했다. 모두가 죽는다면 엘리노어가 속상해할 것이고, 심지어 학교에는 미니밴도 없어지게 된다. 케이드는 이를 악물고 도로에 집중했다.

낮 운전이었다면 좀 더 쉬웠을 것이다. 스미의 남은 가족은 학교 부지에서 여섯 시간 거리에 살았고, 스미의 시신은 그 지역 공동묘지에 묻혔다. 그나마 그건 다행이었다. 무덤을 터는 것은 여전히 사회적으로 부적절한 행위였으니, 해가 떠 있을 때 저지르는 건 어리석은 일이었다. 그렇다 보니 그들은 자정이 넘은 시각에 차도를 달릴 수밖에 없었다. 이 작은 모험은 하나부터 열까지 다 형편없었다.

나디아가 앞자리로 몸을 기울이고 물었다. "아직 멀었어?"

"넌 여기 왜 있는 거야?" 케이드가 마주 대꾸했다. "넌 피리를 불어서 죽은 사람을 무덤에서 불러낼 수도 없고,

운전도 못 하는 데다가, 뒷자리에 두 명만 앉았다면 훨씬 더 편안했을 텐데."

"난 거북이 물에 흠뻑 젖었어." 나디아가 말했다. "그러니 와야지."

케이드는 한숨을 쉬었다. "반박하고 싶지만, 그러기엔 너무 피곤하다. 최소한 앉은 자리에 머물러 줄래? 경찰이 우리 차를 세우기라도 했다간, 잘린 손에 대해서나 크리스토퍼가 왜 인간 척골을 주머니에 넣고 다니는지에 대해 설명하느라 지옥 같은 시간을 보내게 될 거야."

"우리가 퀘스트 중이라고 하면 되지." 나디아가 말했다.

"으으음." 케이드는 애매하게 반응했다.

"그래서 아직 멀었어?"

"거의 왔어. 거의 다." 그 도로를 8킬로미터 더 달리면 공동묘지였다. 케이드는 구글맵을 확인했다. 묘지에서 400미터쯤 떨어진 곳에 작은 숲이 있는 건 편리했다. 그들이 스미의 무덤을 파헤치는 동안 미니밴은 그곳에 넣어 두면 될 것이다.

케이드는 종교를 믿지 않았다. 프리즘에서 돌아와서, 너무 어리고 너무 작은 몸으로, 자기들이 딸이 아니라

아들을 뒀다는 사실을 이해하지 않으려 드는 부모가 입힌, 프릴 가득한 소녀스러운 옷차림으로 다시 살게 됐을 때부터 그랬다. 그래도 어릴 때 교회에 자주 다녔더니 신에게 거역하는 범죄로 벼락을 맞을까 봐 살짝 걱정이 들기는 했다.

"난 그런 식으로 죽고 싶진 않거든." 케이드는 중얼거리면서 도로를 벗어나 작은 숲 쪽으로 차를 몰았다.

"난 나비들이 살아 있는 캐노피처럼 날아다니는 금잔화 침대에 누워서, 해골 소녀가 우리의 결혼 나이프를 손에 들고 내려다보는 가운데 죽고 싶어." 크리스토퍼가 말했다.

"뭐?" 케이드의 반응이었다.

"아무것도 아니야." 크리스토퍼가 말했다.

케이드는 천천히 도로에서 보이지 않을 것 같은 넓은 참나무 가지 아래로 들어가서 차를 세웠다. "좋아, 이제 도착했어. 모두 내려."

코라에게는 두 번 말할 필요가 없었다. 그녀는 케이드가 말을 끝내기도 전에 문을 잡더니, 말 그대로 풀밭 위로 굴렀다. 코라는 뒷좌석에 앉으면 언제나 너무 크고 쓸모없는 사람이 된 느낌이었다. 그럴 권리도 없으면서 공간을 잔뜩 차지하고 말이다. 겨우 그 시간을 견딜 수 있었던 건 아직 모르는 사람이나 다름없는 리니를 차 반대편에 두고 나디아가 가운데 끼어 앉은 덕분이었다. 만약 모르는 사람과 몸을 붙이고 내내 달려야 한다는 말을 들었다면, 코라는 모험도 포기하고 방에 숨었을 것이다.

나머지는, 심지어 리니까지도 좀 더 침착하게 내렸는데, 리니는 천천히 원을 그리며 돌더니 하늘을 쳐다보고 입을 쩍 벌렸다.

"저게 다 뭐야?" 리니는 멀리 보이는 은하수를 손가락질하며 물었다.

"별이잖아, 멍청아." 나디아가 말했다.

"난 멍청하지 않아. 그냥 모르는 게 있을 뿐이야." 리니가 말했다. "저게 어떻게 계속 떠 있는 거야?"

"별들은 사실 아주 멀리 있어." 케이드가 말했다. "컨펙션에는 별이 없어?"

"없어." 리니가 말했다. "달은 있지. 버터크림 프로스팅으로 만들어서 아주 끈적거리고, 피크닉용으로는 안 좋아. 그리고 해도 있어. 또 오래전에 최초의 컨펙션인이 하늘에 뿌린 사탕 몇 줌이 아주 높은 곳에 붙어 있긴 한데, 그래도 그건 사탕이야. 박하사탕의 줄무늬도 보이고 검드롭 캔디에(작은 젤리형 사탕 – 옮긴이 주)에 점점이 박힌 설탕도 볼 수 있어."

"허어." 케이드는 말하고 크리스토퍼를 보았다. "삽이 필요할까?"

"스미가 춤을 추려고 한다면 필요 없어." 크리스토퍼의 손가락이 뼈 피리를 더듬으며, 불안한 아르페지오를 스케치하고 스미를 위한 연주곡을 구상했다. "스스로 춤출 마음만 있다면 하늘과 땅을 움직여서라도 나에게 올거야."

"그렇다면 앞장서시지, 피리 부는 소년."

크리스토퍼는 고개를 끄덕이고 피리를 입가에 대고는, 깊이 숨을 들이마신 후에 연주를 시작했다. 소리는 나지 않았다. 크리스토퍼가 그 피리를 연주할 때 소리가 들린 적은 한 번도 없었다. 적어도 산 사람에게는 그랬다. 오직 소리의 개념만이, 그곳에 있어야 할 건축물의 스케치 윤곽만이 초콜릿 파이 조각처럼 허공에서 잘려 나올 뿐이었다.

크리스토퍼가 얼마나 멀리서부터 죽은 사람을 무덤 밖으로 불러낼 수 있는지는 아무도 몰랐고, 스미의 시신이 묘지 어디에 묻혀 있는지도 확실치 않았기에, 그는 모두와 같이 묘지 문으로 걸어가면서 피리를 불었다. 가진 힘 모두를 불어넣어서 스미를, 오직 스미만을, 이 묘지에서 내놓을 수 있는 잠든 뼈 모두가 아니라 너무 일찍 너무 잔인하게 죽어 버린 천방지축 소녀 하나만을 불러내려 했다. 크리스토퍼는 제대로 된 춤에 참석한 지가 너무 오래됐다. 여자들은 허리에 화환을 걸고, 남자들은 캐스터네츠처럼 손가락뼈를 부딪치는 자리, 춤추는 이들이 볼레로에 꽃을 꽃을 교환하듯 쉽게 옷과 성별과 자세를 바꾸는 그런 자리 말이다. 여기에 있는 해골을 모두 불러내고, 달이 높이 떠 있는 동안 떠들썩하게 잔치를 즐기고 싶은 유혹을 느꼈다.

하지만 그러면 리니를 구하지 못할 테고, 엘리노어 선생님에게 약속한 일도 그게 아니었다. 그래서 크리스토퍼는 단 한 명만 듣도록 연주했다. 코라가 헉 소리를 내자 피리를 입술에 댄 채로 미소짓고 손가락을 계속 움직이며 계속 스미를 잠에서 깨웠다.

스미는 오팔 같기도 하고, 설탕 유리 같기도 한 진주
빛 광채를 두른 날씬하고 섬세한 해골이었다. 묘지 문은
산 사람을 막기 위해 존재했지, 죽은 사람을 가두려고
세워진 게 아니었다. 스미는 옆으로 몸을 돌려 창살 사
이로 미끄러져 나왔다. 살점 하나 없는 몸이 창살 틈에
딱 맞았다. 무덤에서 일어난 스미가 그들을 맞이하러 걸
어오자 크리스토퍼는 걷기를 멈추고 계속 연주했다.

"나머지는 어디 있어?" 나디아가 물었다.

"크리스토퍼의 연주는 살이 아니라 뼈에만 들려." 케이
드가 대답했다. "그 음악을 듣는 부분만 부른 거야." 아직
다 썩어 버리지 않았다면 시간이 지나 흐물흐물해졌을
살은 낡은 오버코트처럼 흘러내리고, 무지개빛을 두른
반짝이는 스미만 크리스토퍼의 호출에 응했을 것이다.

리니는 두 손을 올려 입을 막았다. 손가락이 하나 더
사라져서, 시선을 거부하는 기묘한 진공으로 대체되어
있었다. "엄마?" 리니가 속삭였다.

스미는 소녀라기보다는 새처럼 고개를 한쪽으로 기울
일 뿐, 아무 말도 하지 않았다. 크리스토퍼가 머뭇거리다
가 피리를 내렸다. 그래도 스미가 뼈 무더기가 되어 내

려앉지 않자 그는 긴 한숨을 내쉬고, 안도감에 어깨를 늘어뜨렸다.

"말은 못 해." 그는 말했다. "폐도, 목소리도 없잖아." 그의 집인 마리포사였다면 스미도 말을 할 수 있었으리라. 그 땅을 작동시키는 마법은 망자에게 기꺼이 목소리를 내어 주었다.

그러나 여기는 그의 집이 아니었다. 여기에서 해골들은 말을 못 했고, 크리스토퍼가 언제나 가지고 다니는 마리포사의 한 조각만으로는 그들을 무덤에서 불러내는 것만 가능했다.

"죽었잖아." 리니는 이제야 처음 깨달았다는 듯이 말했다. "어떻게 엄마가 죽을 수가 있어?"

"모두가 결국엔 죽어." 크리스토퍼가 말했다. "다음 부분이 좀 더 어려울 거야. 코라, 손이 든 단지를 열어 줄 수 있겠어?"

코라가 얼굴을 찡그리면서 무릎을 꿇고 단지 뚜껑을 돌리자, 톡 쏘는 냄새가 나는 액체가 바닥에 흘렀다. 그녀는 크리스토퍼를 쳐다보았다. 그가 고개를 끄덕이자, 코라는 액체가 튈까 봐 펄쩍 뛰며 단지 내용물을 쏟아

버리고는 비틀비틀 뒤로 물러섰다.

크리스토퍼가 피리를 들고 다시 연주하기 시작했다.

"나 토할 거야." 나디아가 선언했다.

스미의 손에 붙어 있던 살이 만개하는 꽃잎처럼 벗겨지더니, 깨끗한 흰 뼈가 드러났다. 모두가 지켜보는 가운데 그 뼈는 점점 스미의 나머지 해골과 비슷한 무지개빛을 뿜어냈다.

살이 다 벗겨지고 나자, 크리스토퍼가 피리를 벨트에 꽂고 허리를 굽혀 해골 손 두 개를 집어 들었다. 그는 스미에게 그 뼈를 내밀었다. 스미가 앞으로 몸을 기울이더니 잘린 손목 부분을 손 끝에 갖다 댔다. 무지개빛이 강렬해졌다. 스미가 다시 몸을 바로 했을 때는 온전한 몸이 되어 있었다. 모든 뼈가 제자리에 있었고, 해골 전체가 온전히 갖춰졌다.

"우리가 언더월드에 가려고 한다면, 묘지에서 출발하는 게 가장 좋은 길이겠지." 크리스토퍼가 리니를 보았다. "그 구슬 팔찌에 어디로 데려가 달라고 말하면 되는 거야?"

"내가 누굴 보고 싶은지 말하면, 구슬들이 날 그리로

데려가." 리니가 말했다. "어머니는 아무리 열심히 찾아도 찾을 수가 없길래, 미스 엘리를 찾았어. 엄마가 언제나 그 학교를 굴린다고 말한 사람이라서."

"좋아." 크리스토퍼가 말했다. "그러면 구슬한테 우리를 낸시에게 데려가 달라고 해."

"난 낸시를 몰라." 리니가 항의했다.

"낸시는 똑똑해." 케이드가 말했다. "조용하다 보니 사람들이 못 알아볼 때가 있지만, 언제나 똑똑하지."

"낸시는 조각상처럼 보일 정도로 가만히 정지해 있을 수 있어."

"하얀 머리카락에 몇 줄만 까만데, 본인 말로는 염색한 게 아니래. 뿌리 부분도 늘 하얀 걸 보면 아마 거짓말은 아닐 거야." 나디아가 말하더니, 다들 쳐다보자 어깨를 으쓱였다. "우린 친구 사이는 아니었어. 한 번인가 집단 상담을 같이 했을 뿐이고, 난 가까이 가지 않았지. 갠 내 취향에는 너무 건조해서 말이야. 뼈다귀처럼 건조했다고."

낸시가 사라진 후에야 학교에 온 코라는 할 말이 없었다.

리니는 한 명, 한 명을 쳐다보며 얼굴을 찌푸렸다. "설탕은 어떤데?"

"붉은 설탕." 케이드가 말했다. "거기선 석류즙에 섞어. 쌉쌀하긴 해도 단맛을 내지." 그의 시선은 리니에게 고정되어 있었다. 그가 낸시의 세계에 있는 설탕을 본 적이 없다는 사실은 중요하지 않았다. 그는 그곳이 어때야 하는지 알았으니, 그 정도면 실제로 아는 것과 다르지 않았다.

리니는 고개를 끄덕이고 손목을 입가에 가져가더니 잇새에 팔찌 구슬 하나를 물었다. 리니가 힘을 주자 구슬이 바삭 소리를 내며 부서졌고, 그녀는 그대로 삼켰다.

"잠깐만. 그것도 설탕이었어?" 나디아가 말했다.

"내가 온 세계에서는 모든 게 다 설탕이야." 리니는 급히 앞으로 손을 내밀어, 보이지 않는 문고리를 잡았다. "가자. 이 문들은 오래 열려 있을 때가 없고, 가끔은 균형이 잘 맞지도 않아."

"그러니 네가 하늘에서 떨어졌겠지." 크리스토퍼가 말했다.

리니는 고개를 끄덕이고는, 존재하지 않는 문을 열었다.

문 반대편은 짙은 녹색 잎사귀와 약하게 비틀어진 줄기가 특징인 나무들이 있는 숲이었다. 가지에는 붉은 과실이 주렁주렁 달렸다. 저절로 쪼개져서 안에 든 루비색 씨앗들을 드러낸 과실도 있었다. 나무들 주위 풀밭은 벨벳처럼 부드러워 보였고, 하늘은 하늘이 아니라 있을 수 없는 전당의 높고 둥근 천장이었다.

"석류나무숲." 케이드가 나직이 속삭였다.

"맞게 온 거야? 잘됐네." 리니가 말했다. "가자." 소녀는 어머니의 해골을 바로 뒤에 이끌고 문 안으로 들어갔다. 다른 아이들도 따라 들어갔고, 코라가 들어가고 나서 문이 닫히자 그곳에는 아무것도 없었다. 처음부터 아무것도 없었지만.

산 사람의 자리,

죽은 사람의 자리

여섯 명은 ─산 사람 다섯 명에, 죽은 사람 한 명을 더해서─ 벨벳 같은 풀밭을 걸으면서 얼빠진 모양새를 숨기려고도 하지 않았다. 크리스토퍼는 뼈 피리를 계속 손에 든 채, 손가락으로 소리 없는 아르페지오 자리를 짚고 있었다. 스미는 딸에게 바싹 붙어 있었는데, 뼈가 희미하게 달그락대는 소리가 마치 나뭇가지 사이로 부는 바람의 아득한 속삭임 같았다. 리니는 뒤를 돌아보지 않으려고 최선을 다했다. 어쩌다가 스미가 보일 때마다 몸서리를 치고 입술을 깨물며 시선을 다시 돌렸다.

나디아는 하나뿐인 손을 뻗어서 손가락으로 석류의 윤곽을 따라 그리고는, 입술을 깨물며 평생 가장 아름다운 물건을 본다는 듯이 석류를 쳐다보았다.

"낸시는 주로 귀부인의 전당에서 조각상으로 시간을

보낸다고 했어." 케이드가 모두를 밀어내고 맨 앞에 서면서 말했다. 아무도 이의를 제기하지 않았다. 누군가 앞장서려는 사람이 있다는 건 좋은 일이었다. "그러니까 지금도 거기 있을지 몰라."

"'망자의 군주'가 우릴 보고 기뻐할까?" 나디아가 간신히 석류에서 손을 떼어 내고 물었다.

"어쩌면." 케이드는 말했다. "여기에도 문이 있으니까. 초대장 없이 굴러들어 오는 사람들에게 익숙하겠지."

"하지만 보통은 자기에게 맞는 문만 찾잖아." 코라가 말했다. "우린 이 문을 찾아낸 게 아니야. 만들어 냈지. 망자의 군주가 그 사실에 화내지 않을까?"

"알아낼 방법은 하나뿐이야." 케이드는 그렇게 말하고 걷기 시작했다.

"왜 사람들은 늘상 그 소리를 하지?" 코라는 나머지 아이들과 함께 따라가면서 중얼거렸다. "뭔가를 알아낼 방법은 언제나 하나가 아니야. 사람들이 그런 말을 하는 건, 놀랍도록 멍청한 짓을 하면서 야단맞지 않을 변명을 대고 싶을 때뿐이라고. 알아낼 방법은 많이 있고, 그중에는 망자의 군주라고 불리는 남자를 열 받게 하지 않을 방법도 몇 개는 있을 거야.”

“그래. 하지만 그런 방법은 재미가 별로 없겠지?”

코라는 옆을 흘끔 보았다. 크리스토퍼가 어느새 옆을 걷고 있었다. 히죽거리고 있는 얼굴이, 지금까지 본 어떤 모습보다 편안해 보였다.

“넌 왜 그렇게 행복한 거야?” 코라가 물었다. “여긴 전부 죽은 사람들이잖아.”

“그래서 행복한 거야. 여긴 전부 죽은 사람들이잖아.”

어째선지 크리스토퍼가 말하니 불평도 아니고, 그냥 관찰도 아닌 것처럼 들렸다. 오히려 희망과 귀향의 바람이 가득 든 기도에 가까웠다. 여기는 그의 세계 마리포사가 아니었고, 여기에서 춤을 추는 해골은 가엾은 스미하나밖에 없었다. 그래도 오랫동안 지내온 세계보다는 여기가 마리포사에 가까웠고, 코라는 한 걸음을 딛을 때마다 크리스토퍼의 몸에 기쁨이 돌아오는 것을 알아볼 수 있었다.

“넌 정말로 해골이 되고 싶어?” 코라는 불쑥 물었다.

크리스토퍼는 어깨를 으쓱였다. “모두가 언젠가는 해골이 돼. 죽으면 부드러운 부분은 떨어져 나가고, 그 뒤에는 아름다운 뼈만 남지. 난 그저 죽지 않고도 그렇게 아름다워질 수 있는 세계로 돌아가고 싶을 뿐이야."

"하지만 넌 뚱뚱하지 않잖아!" 코라는 목소리에 깃든 강한 반감을 숨기지 못했고, 그러려고 하지도 않았다. 뚱뚱한 아이로 자란다는 것은 '도우려 하는' 친척들에게 끝없는 다이어트 제안을 받고, 동급생들에게는 더욱 '도움이 되는' 제안을 받는다는 뜻이었다. 죽을 정도로 굶는다거나 원할 때마다 토하는 방법을 배운다거나 하는. 코라는 운이 좋아서 섭식 장애를 피했는데, 수영반에서 코라가 건강을 유지하길 원한 덕분이었다. 학교에서 속도만이 아니라 지구력을 중시하는 수영반을 두지 않았다면, 그녀도 물속에 들어가기 위해서 살을 빼야 했다면, 체육관 뒤에서 아이스칩과 블랙커피와 담배만 섭취하며 서서히 죽어 가던 여자애들과 함께했을지도 모른다.

"그건 뚱뚱하냐 말랐냐 하는 문제가 아니야." 크리스토퍼가 말했다. "그게 아니라… 젠장. 넌 아마 이게 다이어트 문제라고 생각하는 거겠지?" 그는 코라의 답을 기다리지 않고 말을 이었다. "그게 아니야. 정말로 아니야. 마리포사는 해골들이 사는 나라야. 나에게 피부가 있는 한은, 아무리 이렇게 말랐다고 해도 난 거기서 쫓겨날 수 있어. 일단 해골 소녀와 내가 결혼을 하고, 해골 소녀가 나의 인간성을 잘라내 주면 나도 영원히 거기 머물수 있어. 내가 원하는 건 그것뿐이야."

"우리 모두 그렇지." 코라는 인정했다.

"넌 인어였지? 나디아가 그러던데."

"난 여전히 인어야." 코라는 말했다. "단지 지금은 비늘이 피부 아래 들어가 있을 뿐이야."

크리스토퍼는 약간 비딱한 미소를 지었다. "재미있네. 나도 피부 아래에 뼈를 두는데."

주위에 펼쳐졌던 석류나무 숲이 끝나고, 나무가 줄어들면서 일행은 높은 대리석 벽으로 다가갔다. 그 벽에는 문이 하나 있었는데, 대성당이나 궁전에 있을 것 같은 높고 웅장한 문이었다. 꿈에라도 "들어오세요"라고 말할 것 같지 않고, 그보다는 큰 소리로 "들어오지 마"라고 할 것 같은 문. 그러나 그 문은 열려 있었고, 일행이 더 가까이 다가가도 물러서라고 경고하는 사람은 나타나지 않았다. 케이드는 다른 아이들을 흘긋 돌아보고 어깨를 으쓱이더니 계속 걸어갔다. 다들 따라가는 수밖에 없었다.

그렇게 일행은, 코라가 생각할 때는 여기에 사는 사람들 —아니, 여기에 존재하는 사람들이 화를 내도 할 말이 없을 만큼 예고 없이 '망자의 전당' 안에 들어섰다.

건축 양식은 수많은 영화를 통해 예상하던 형태 그대로였다. 대리석 기둥들이 존재할 수 없을 것 같은 천장을 떠받쳤고, 하얀 돌벽마다 프리즈 장식과 꽃이 핀 초원을 그린 수채화로 채워졌다. 색채는 모두 숨이 죽어서, 흰색과 파스텔빛 풀과 회록색 소나무들만 가득했다. 그렇다고 과도해 보이지는 않았다. 오히려 엄숙하고 고요한 기운이 감돌았다. 들리는 소리라고는 돌바닥을 스치는 일행의 발소리, 그리고 스미의 뼈가 달그락거리는 소리뿐이었다.

"너희는 초대받지 않았고, 우리의 문 중에 어느 것도 열리거나 닫히지 않았다." 일행 뒤에서 어떤 여자가 말했다. 그녀는 그들을 석류나무 숲으로 돌려보내 줄 문과 그들 사이를 가로막고 서 있었다. 그 목소리는 낮고 허스키했는데, 블랙베리 브랜디에 목소리가 있다면 그럴 것 같았다. "너희는 누구냐? 어떻게 여기 왔느냐?"

코라는 한밤중에 간식을 찾으러 주방에 숨어들었다가

걸린 아이 같은 기분으로 뺨을 붉히며 돌아서서 '망자의 귀부인'을 바라보았다.

그녀는 키가 작고 굴곡진 몸매로, 피부색은 반질반질한 사이프러스 나무와 같았고 곱슬곱슬한 잉크 폭포처럼 쏟아져 내린 검은 머리채는 딱 허리쯤까지 왔다. 두 눈은 석류 씨앗과 같은 진한 붉은빛이었는데, 리니의 옥수수사탕 홍채처럼 있을 수 없는 눈이면서도 부정할 수 없는 진짜였다. 입고 있는 드레스도 같은 색깔로, 그리스풍의 낙낙하게 떨어지는 스타일이 온몸의 곡선을 모조리 찬양하고 있었다. 코라도 그렇게 너그러운 패션을 추구하고 싶어졌다.

"흐음?" 망자의 귀부인이 물었다. "다들 내 모습에 할 말을 잃었느냐? 아니면 변명을 생각하는 중이냐? 내게 거짓말은 하지 않는 게 좋다. 내 남편에겐 무단침입을 하면서 모욕적이기까지 한 이들을 참아 줄 인내심이 없으니."

"죄송합니다, 전하." 케이드가 앞으로 나서면서 말했다. 나머지 아이들의 안도감이 손에 잡힐 듯 다가왔다. 책임져야 할 잘못이 있다면, 다른 누군가가 책임지게 하

자. "저희가 초대도 없이 온 줄은 알지만, 초인종 누르는 방법을 잘 몰랐습니다."

"어린 영웅아, 너에겐 페어리랜드 풍미가 있구나." 망자의 귀부인이 코를 찡그리며 말했다. "너희 모두 여기에 어울리지 않는 풍미로다. 저 아이만 빼고." 그녀는 크리스토퍼를 가리켰다. "미러와 페어리랜드와 레이크로군. 심지어 해골마저 미러 세계의 풍미야. 오염된 기운은 죽음 이후에도 남지. 너희는 우리 초인종을 울릴 일이 없다."

"저희는 한 가지 부탁을 드리러 왔습니다." 케이드가 끈덕지게 말했다. "이쪽은 리니입니다."

리니가 손을 들어 살짝 흔들었다. 엄지손가락과 또 한 손가락밖에 남지 않았고, 손바닥도 반쯤 녹아 없어져서 보는 사람의 눈을 어지럽히는 진공으로 대체되어 있었다.

"그리고 이 해골은 리니의 어머니인 스미인데, 리니가 태어날 수 있기 전에 죽었고, 그래서 음, 리니는 사라지고 있습니다." 케이드가 말을 이었다. "저희의 예전 학교 친구 한 명이 여기에 살고 있습니다. 저희는 그 친구가 죽은 스미의 영혼이 어디로 갔는지 찾도록 도와줄 수 있기를 희망합니다. 그러면 저희가 스미를 다시 하나로 만들어서, 리니가 완전히 사라지지 않게 막을 수 있을지도 모릅니다. 어, 모르옵니다, 전하."

망자의 귀부인이 아주 살짝 눈을 크게 떴다. "너희는 낸시의 친구들이로구나."

"맞습니다, 전하."

"전 아니에요." 나디아가 말했다. "전 물에 빠진 소녀라서요."

"그렇군." 망자의 귀부인은 생각에 잠긴 눈으로 나디아를 보았다. "너는 물에 빠진 세계 중 하나에, 지하 호수와 잊힌 강들의 세계에 갔었구나. 그곳들은 많은 수가 우리와 경계선을 대고 있지. 언더월드는 아니지만, 나머지 세상 아래에 있기 때문에."

나디아는 창백해졌다. "벨리레카에 가는 방법을 아시나요?" 그녀는 간신히 들릴 만큼 작은 소리로 물었다.

"그리 말하지 않았다." 망자의 귀부인은 말했다. "우리는 물에 빠진 세계들에 어떤 힘도 행사하지 않아. 나에게 부탁한다 해도 문을 열어 줄 생각이 없고 그럴 수도 없다. 하지만 내가 그곳을 알기는 하지. 아름다운 곳이야."

"맞아요." 나디아는 그렇게 말하고 울기 시작했다.

망자의 귀부인은 케이드를 돌아보았다. "너희는 초대도 없이 와서, 아직도 너희와 함께한 시간 때문에 아파하는 내 시녀를 귀찮게 하려 하는구나. 왜 우리가 너희에게 낸시와의 접견을 허락해야 하지? 왜 우리가 너희에게 뭔가를 허락해야만 하느냐?"

"낸시가 전하께서 친절한 분이라고 했으니까요." 크리스토퍼가 말했다. 그는 오랫동안 그토록 아름다운 것을 보지 못했다는 듯 조용히 경외하는 얼굴로 망자의 귀부인을 보고 있었다. "전하께서는 낸시가 남과 다르다는 이유만으로 망가졌다고 느끼게 하신 적이 없다고 들었어요. 전하와 전하의 남편 되시는 분, 두 분이야말로 낸시가 여기 돌아와서 영원히 살고 싶어 한 이유였어요. 두 분이 여길 집으로 만드셨죠. 낸시에게 그렇게 친절한 분이 저희를 돕지도 않을 만큼 잔인할 수 있다니 상상이 안 가는데요."

"네 고향은 마리포사였지. 그렇지 않으냐?" 망자의 귀부인은 생각에 잠긴 얼굴로 물었다. "이토록 서로 다른 문을 통과했던 이들이 여기 함께 모여서, 불가능한 일을 성취하려 하고 있구나. 내 너희가 낸시와 이야기를 하도록 해 주마."

"감사하옵니다, 전하." 케이드가 말했다.

"아직 고마워하지는 말아라. 조건이 있다. 아무것도 먹지 말고, 아무것도 마시지 말아라. 나와 내 남편, 그리고 낸시 외에는 아무와도 대화하지 말아라. 이 전당에서 세월을 보내기로 한 산 자들은 고요함과 평화와 고독을 찾아서 왔다. 그들도 한때는 뜨겁고 빨랐다는 사실을 일깨울 필요는 없다. 이해하겠느냐?"

"네, 전하." 케이드가 말했다. 다들 고개를 끄덕였고, 무척이나 혼란스러워 보이는 리니도 그랬다. 리니는 용케 입을 잘 다물고 있었다. 난센스 소녀가 규칙이 가득한 세상에 떨어진 걸 감안했을 때, 그 정도면 기적이나 다름없었다.

"좋다. 이쪽이다."

망자의 귀부인이 몸을 돌리더니, 숲이 있었던 문으로 다시 나갔다. 나머지는 따라갈 수밖에 없었다.

숲은 사라지고 없었다. 그 자리에는 궁전이나 박물관

처럼 벽을 따라 조각상이 줄지어 놓인 긴 복도가 있었는데, 조각상들은 모두 서리같이 하얀 휘장을 두르고 아름답고 고요하게 서 있었다. 아니, 조각상이 아니었다. 사람들이었다. 겨우 아기 같은 비율을 벗어난 나이의 어린이들부터, 엘리노어보다 나이가 많아서 얼굴에는 주름이 지고 시간과 시련으로 팔다리가 가늘어진 남자와 여자들에 이르기까지. 어딘가 본성을 내비치는 생명력 같은 것이 스며 나오기는 했지만, 그 점만 빼면 열심히 흉내 내는 돌 조각과 다를 바가 없었다.

리니는 몸서리를 치더니, 보호해 줄 수 있다고 생각이라도 하는 듯 케이드에게 살짝 다가섰다. "어떻게 저렇게 가만히 있을 수가 있지?" 리니는 공포와 경외를 담아서 속삭였다. "나라면 실룩거리다가 와르르 무너질 거야."

"그래서 여기가 네 문이 아닌 거야." 케이드는 말했다. "우리가 가끔 잘못된 곳에서 태어나기는 해도, 어울리지 않는 곳에 가게 되지는 않아."

"내가 어렸을 때 남자애가 하나 있었는데…" 리니가 말했다. "걔네 부모는 북쪽 산등성이에서 퍼지를 캤어. 그런데 걔는 초콜릿 냄새도, 초콜릿이 혀에서 녹는 느낌도 싫어했지. 걔는 깨끗해지고, 규칙을 따르고, 이해하고 싶어 했어. 걘 우리가 학교 갈 나이가 됐을 때 사라졌는데, 걔네 부모는 슬퍼하긴 했지만 아들이 자기 문을 찾은 거라고, 운이 좋다면 다시는 절대로 돌아오지 않을 거라고 했어."

케이드는 고개를 끄덕였다. "바로 그거야. 너희 어머니와 나는 같은 세계에서 태어났는데, 둘 다에게 맞지 않는 세계였어. 그래서 우린 각기 다른 곳으로 갔지." 그는 난센스 세계의 학교에서는 어떤 걸 가르치는지 묻지 않았다. 케이드가 간 세계는 논리적이었으니, 리니에게는 완벽하게 말이 되는 일이라도 케이드에게는 전혀 말이 되지 않을 터였다.

받침대에 올라섰거나 벽감에 들어가 있던 사람들은 아무 말도 없었고, 누군가가 근처에 있다는 사실을 알아차린 티도 내지 않았다. 망자의 귀부인은 계속 걸었고, 나머지 일행도 널찍한 대리석 문이 나올 때까지 계속 따라갔다. 귀부인이 몸을 앞으로 기울여 왼쪽 집게손가락 끝으로 아주 살짝 문을 두드리고 물러섰다. 그러자 문이 양쪽으로 활짝 열리며 반은 대성당 같고, 반은 동굴 같은 방이 드러났다.

벽은 모양도 잡지 않고 다듬지도 않은 채 휑하게 드러난 회색 돌이었는데, 위쪽으로 뻗어 올라가면서 수정이 점점이 박힌 종 모양의 자연 지붕으로 이어졌다. 천장에 달린 조명은 종유석처럼 솟아난 거대한 자주색 자수정과 은색 석영 덩어리들 사이에 박혀 있었다. 바닥은 반들반들한 대리석으로, 자연과 인공이 기묘하게 뒤섞인 모양새였다.

그 방 한가운데, 어느 벽에서든 일정한 거리를 둔 곳에 연단이 하나 우뚝 섰다. 그 위에는 두 개의 옥좌가 놓였고, 그 주위로 양쪽에 각각 세 개씩 짧은 받침대가 있어서 살아 있는 조각상이 하나씩 올라가 있었다.

문에서 제일 가까운 조각상이 낸시였다.

평화로운 낸시. 제 진가를 발휘하는 낸시였다. 그녀는 한 팔을 우아한 호선으로 들어 올리고, 턱은 살짝 천장쪽으로 기울인 모습으로, 크고 차분하며 강인하게 서 있었다. 섬세한 목선과 자연스러운 조각 같은 쇄골이 시선을 끌었다. 다른 조각상들과 비슷하게 긴 하얀색 가운을 입었지만, 다른 이들과 달리 목에는 와인처럼 붉고 석류처럼 붉은 리본을 둘러 나머지 몸의 흑백이 더 두드러졌다. 흑백의 머리카락도 누군가가 솜씨 좋게 다듬어서 망자의 군주가 남긴 검은색 손가락 자국을 완벽하게 전시했다. 영예로운 훈장 같았고, 실제로 그렇기도 했다.

크리스토퍼가 작게 휘파람을 불었다. "야, 끝내준다."

케이드는 아무 말도 하지 않고, 바라보기만 했다.

옥좌는 현재 둘 다 비어 있었다. 망자의 귀부인은 앞장서서 연단으로 다가가더니, 낸시 앞에서 멈춰 섰다. 낸시도 그들의 존재는 알아차렸을 테지만, 그런 티는 전혀 내지 않았다.

"낸시." 망자의 귀부인이 부드럽게 말했다. "부디 날 위해 움직여 주겠니. 너를 찾아온 이들이 있구나."

낸시는 마치 서리가 녹아내리듯이 움직였다. 처음에는 알아볼 수 없을 만큼 천천히 움직이다가, 서서히 속도가 붙어서 팔과 턱을 내리더니, 인간에 가깝지만 그보다 훨씬 우아한 존재로 변했다. 그녀는 그제야 받침대 주위에 모여 선 사람들을 바라보더니, 아주 살짝이지만 눈을 크게 떴다.

"케이드, 크리스토퍼… 나디아?" 낸시는 알지 못하는

다른 사람들을 보았다. "다들 여기에서 뭐 해? 별일 없는 거야? 너희…" 그녀는 말을 멈췄다. "아니, 죽지는 않았구나. 너희가 죽었다면 여기 오지 않았겠지."

"우린 죽지 않았어." 케이드는 미소지었다. "다시 봐서 반가워, 낸시."

"나도 다시 봐서 반가워." 낸시는 허락을 구하듯 망자의 귀부인을 슬쩍 보았다. 그녀가 고개를 끄덕이자 낸시는 몸을 낮춰서 받침대 위에 우아하게 무릎 꿇은 자세를 취했다. 연습이 쌓여 편안해 보이는 움직임이었다. 이전에도 해 본 동작 같았다. "작별인사도 없이 떠나서 미안해."

"우리라도 그랬을걸." 케이드가 말했다. "행복해?"

낸시의 미소는 짧지만 눈부셨다. 그런 순수한 해방의 기쁨을 붓으로 잡아낼 수 있다면 죽음도 감수할 화가들이 있을 정도로. "언제나."

"그렇다면 다 용서된 거야." 케이드는 리니에게 앞으로 나오라고 손짓했다. "이쪽은 리니야. 스미의 딸이지."

"뭐?" 예전 룸메이트의 이름이 나오자 낸시의 표정이 어리둥절해졌다. "스미에겐 자식이 없었는데. 너무 어렸잖아. 있었다면 나한테 말을 했을 거야."

"엄마는 컨벤션으로 돌아와서 세상을 구하고 결혼해서 아기를 낳기로 되어 있었어." 리니는 말하면서 팔을 들어 올렸다. 이제는 손이 완전히 없어졌다. 살은 손목에서 끝났고, 그 자리부터 리니는 현실을 떠나 사라지고 있었다. "엄마는 죽어 있길 그만두고 집에 와서 섹스를 해야 해! 내가 다시 존재하도록!"

"음." 낸시는 어찌할 바를 모르는 얼굴이었다.

"이쪽은 스미야." 크리스토퍼가 옆에 서 있던 반짝이는 해골을 가리켰다. "우린 스미의 나머지가 어디 있는지 네가 알지도 모른다고 생각했어."

"스미의 유령 말이야?" 낸시가 물었다.

"응." 크리스토퍼가 말했다.

스미는 아무 말도 하지 않았지만, 반짝이는 두개골을 옆으로 살짝 기울였다. 그 모습은 스미가 죽기 전, 피부와 살이 다 벗겨져서 침묵할 수밖에 없게 되기 전에 늘 짓던 호기심 어린 동작과 희미하게 닮아 있었다.

"설령…" 낸시가 슬쩍 보자, 망자의 귀부인이 허락하듯 고개를 끄덕였다. "설령 내가 너희를 위해 스미의 유령을 찾을 수 있다고 하더라도, 설령 스미가 여기에 있다 하더라도, 어떻게 스미를 다시 합칠 건데? 그래도 여전히… 질척한 부분은 다 빠진 상태일 텐데."

"그 문제는 우리가 걱정할게." 케이드가 말했다.

낸시는 망자의 귀부인을 다시 보았고, 이번에도 귀부인은 고개를 끄덕여 허락했다. 낸시는 다른 이들을 돌아보았다.

"유령들 모두가 여기로 오지는 않아. 언더월드는 여기하나가 아니거든. 스미는 수많은 곳에 있을 수 있고, 아예 없을 수도 있어. 때로는 사람들이 오래 머물고 싶어하지 않아서, 그냥 사라지기도 해."

"시도는 해 볼 수 있는 거지?" 케이드가 물었다. "구해야 할 세상을 두고 죽었다면 한동안 남아 있을 만도 하잖아. 그리고 너희는 스미가 살아 있을 때 룸메이트였어. 스미는 혼자 있기를 좋아한 적이 없었고."

"설령 스미의 유령을 찾을 수 있다 하더라도, 그건 다시 태어나기를 기다리는 부분에 지나지 않아." 낸시는 말했다. "과거의 스미는 여기에 없을 거야."

"시도는 해 봐야 해." 리니가 말했다. "달리 갈 곳도 없어."

낸시는 한숨을 내쉬었다. 발가락에서 시작해서 온몸을 타고 오르는 깊고 느린 숨소리였다. 그녀는 다리를 풀고 받침대에서 미끄러져 내려오더니, 소리 하나 없이 바닥에 착지했다. 그러면서 치맛자락이 펄럭인 덕분에 케이드는 낸시가 맨발이며, 모든 발가락에 반짝이는 은빛 고리가 끼워져 있음을 볼 수 있었다.

"따라와." 낸시는 망자의 귀부인에게 절을 하고 걸어 나갔다. 발가락에 긴 고리들이 바닥을 때리면서 걸음마다 종소리가 울렸다.

케이드가 낸시를 뒤따라갔고, 나머지는 케이드를 따라갔다. 그 뒤에는 다른 조각상들과 망자의 귀부인만 남았다.

걸어가던 케이드는 낸시를 흘끔거리면서 그녀의 새로운 얼굴 형태를 기억해 두려 했다. 낸시는 전보다 말랐지만, 걱정할 만큼은 아니었다. 최고의 상태에 이른 프로 운동선수와 같은 마른 몸이었고, 매일 매 순간 육체 활동을 하는 사람의 마른 몸이었다. 머리카락은 여전히 하얬고, 눈동자는 여전히 까맸고, 여전히 아름다웠다. 맙소

사. 그렇지만 낸시는 아름다웠다.

나디아가 케이드와 낸시 사이로 비집고 들어오며 물었다. "그러니까 하루 종일 그것만 하는 거야? 거기 서 있기만? 거기 그냥 서 있으려고 할 것도 많고 말할 사람도 많은 세상 전체를 떠나온 거야?"

"그냥 서 있기만 하는 게 아니야." 낸시는 말했다. "안녕, 나디아. 잘 지내는 것 같네."

"난 말라 죽어 가고 있는데, 이 세계엔 변변한 강도 없어." 나디아가 말했다.

"몇 개는 있어." 낸시는 고개를 내저었다. "난 '그냥 서 있는' 게 아니야. 그보다는 완전히 정지 상태로 펼치는 춤과 비슷해. 난 심장이 뛰기를 잊어버리고, 세포들이 나이 먹기를 잊어버릴 정도로 완벽하게 정지해야 해. 조각상 중에 몇 명은 여기에 몇 백 년이나 있었어. 왕의 전당을 꾸미기 위해 거의 불멸에 가까운 지점까지 몸의 속도를 늦춘 거지. 이건 영예이면서 소명이고, 난 이 일이 좋아. 정말 좋아해."

"멍청해 보여."

"그야 네 소명이 아니니 그렇지." 낸시의 말은 단순하고 완전한 진실이었다. 어떤 장식도 덧붙임도 필요 없었다.

나디아는 시선을 돌렸다.

케이드는 숨을 들이쉬었다. "학교는 그동안 잘 돌아갔어. 엘리노어 이모는 나아지고 있고. 요새는 지팡이를 거의 안 쓰셔. 새로운 학생도 몇 명 들어왔어."

"한 명 데리고 오기도 했네." 낸시는 가볍게 웃음소리를 냈다. "너희가 해골을 데려온 것보다 새로운 학생을 데려온 게 더 신경 쓰인다면 이상할까?"

"이름은 코라라고 해. 착한 애야. 인어였고."

"그렇다면 지금도 인어야." 낸시는 말했다. "언제나 희망은 있어."

"예전에 스미는 희망이 최악의 저주라고 했지."

"그 말도 맞았어. 그래서 희망이 절대 사라지지 않는 거고." 그들은 또 하나의 닫힌 문에 이르렀는데, 섬세한 은세공이 된 문 안에는 무한한 어둠이 들어차 있었다. 낸시가 손을 들어 올렸다. 문이 스르륵 열리자, 낸시는 어둠 속으로 걸어 들어갔다. 일단 들어가 보면 그렇게 완벽한 어둠도 아니었다.

반짝이는 은색 불똥들이 허공을 빙빙 돌았는데, 방 안

을 경쾌하게 움직이는 그 모습은 나머지 망자의 전당이 정적인 만큼이나 빠르고 활동적이었다. 은색 불똥들은 누군가의 코나 뺨에 가깝게 날아왔다가, 살아 있는 몸을 건드리지 않고 마지막 순간에 물러났다.

리니가 숨을 들이켰다. 모두가 돌아보았다.

스미가 빛의 점에 뒤덮여 있었다. 수백 개가 스미의 뼈에 달라붙었고, 계속해서 새로운 빛이 도착했다. 스미는 감탄하듯이 뼈만 남은 두 손을 들어 올리고, 손가락 뼈에 내려앉은 반짝이는 점들을 들여다보았다. 광점들이 그녀의 눈구멍까지 채워서, 텅 비었던 눈이 불안하게 활기를 띠기도 했다.

"스미가 여기 있다면, 이 중 하나일 거야." 낸시는 두 팔을 벌려 방 안을 가리키면서 말했다. "여기에 안식하러 오는 영혼들은 우선 이 방에 도착해. 여기에서 가만히 있지 못하는 성질을 춤으로 다 풀어낸 후에야 다시 인간의 모습을 취하지. 스미를 불러서 오는지 한 번 봐."

"크리스토퍼?" 케이드가 말했다.

"난 영혼이 아니라 해골에게 연주하는데." 크리스토퍼는 항의하면서도 피리를 입가에 갖다 대고 시험 삼아 소리 없는 음을 하나 불었다. 광점들이 스미를 버리고 허공에 날아오르더니, 크리스토퍼를 에워싸고 미친 듯이 빙빙 돌았다. 연주를 계속하자 하나씩 하나씩 빛이 떨어져서 허공으로 돌아가고, 몇 개만 스미의 해골 앞에 합쳐지기 시작했다. 조금씩 조금씩, 입자 하나씩 하나씩 합쳐지더니 이윽고 10대 소녀의 빛나는 반투명 유령이 그 자리에 섰다.

하얀 무릎 양말, 체크 무늬 치마, 단추를 채운 블레이저까지, 분별 있는 교복 차림이었다. 머리카락은 잘 정돈해서 낮게 땋았다. 그래, 분명 스미이기는 했지만 이건 움직임을 빼고 만든 스미였다. 웃음과 난센스를 걷어 낸 스미. 리니가 다시 숨을 들이켰다. 이번에는 고통스러운 신음이었다. 그녀는 남은 손과 없어진 손 그루터기를 들어 올려 입을 막았다.

스미의 유령이 해골을 쳐다보았다. 해골도 유령을 쳐다보았다.

"왜 저런 모습이야?" 리니가 속삭였다. "우리 엄마한테 무슨 짓을 한 거야?"

"말했잖아. 우리에게 스미의 유령은 있지만 그림자

는… 심장은 없다고. 스미의 심장은 격렬한데, 여기는 격렬한 것들이 오는 곳이 아니야." 낸시가 말했다. "그랬다면 나도 여기에 없었겠지. 난 격렬한 사람이 아니었으니까." 그녀는 안타까움만이 아니라 애정도 담긴 눈으로 스미의 유령을 보았다. "우리 모두는 해골과 피부, 영혼과 그림자로 이루어진 퍼즐 상자야. 저 스미가 함께 간다면 너희에겐 이제 퍼즐 두 조각이 있는 셈이지만, 스미의 그림자는 여기에 없어."

"마마…." 그건 훨씬 어린 소녀의 입술에서 나와야 마땅한 말이었다. 잘 시간이나 힘들 때에, 무릎이 까지고 배가 아플 때 나와야 어울릴 단어. 리니는 스미의 유령에게 그 말을 마치 약속이자 기도처럼, 소중하고 귀한 이름처럼 내밀었다. "나에겐 마마가 필요해. 제발 부탁이야. 우리에겐 마마가 필요해. 마마가 집에 오지 않으면 케이크 여왕이 다시 일어날 거야."

케이크 여왕은 패배한 적이 없어졌다. 스미가 컨펙션에 돌아가서 거꾸러뜨리기도 전에 죽어 버렸으니까. 리니는 혼자만 구하려는 게 아니었다. 한 세상을 구하고, 망가지기 직전의 일을 바로잡으려 하고 있었다.

단정하게 꾸민 스미의 유령은 이해를 못하는 듯 멍하니 리니를 보았다. 이곳의 망자들에 대해 그 누구보다 잘 이해하는 낸시가 헛기침을 했다.

"네가 저들과 같이 가지 않으면 엉망이 될 거야." 낸시가 말했다.

유령은 낸시를 돌아보더니 고개를 끄덕이고 해골 안으로 걸어가서, 뼈에 반투명한 유령 몸을 씌웠다. 리니는 남아 있는 손을 스미에게 뻗으려다가, 그쪽 손도 손가락 두 개가 사라져서 무(無)가 된 것을 보고 멈췄다.

"우린 서둘러야 해." 리니가 말했다.

"너희는 대가를 치러야 한다." 새로운 목소리가 말했다.

모두가 한 사람처럼 몸을 돌렸다. 낸시만이 문간에 선 남자를 보고 미소지었다. 화산재 빛깔의 피부와 흰 뼈 같은 머리카락을 지닌 키 크고 마른 남자였다. 아내와 마찬가지로 고대 그리스풍의 하늘거리는 옷을 입었는데, 덕분에 긴 팔다리와 넓은 어깨가 눈에 들어왔다.

"여기는 아무것도 공짜가 아니야." 그는 말했다. "방문객들은 도착하면 아무것도 먹지 말고, 아무것도 마시지 말라는 말을 듣지. 물도 나눠 주지 않는데, 우리가 어찌

보물을 쉽게 내어 줄 거라고 생각하느냐?" 그의 목소리
는 깊고 낮았으며, 별의 죽음처럼 피할 길이 없었다.

"저희에게 무엇이 필요하십니까?" 케이드가 조심스럽
게 물었다.

망자의 군주는 엷은 빛깔의 무정한 눈으로 그를 보았
다. "너희 중 하나가 이곳에 남아야 한다."

지불할 것은 지불하고,

세상은 계 속 돌아가고

"아니오." 케이드가 망설임 없이 대답했다. "저희는 판매 대상이 아닙니다."

"이건 판매가 아니다." 망자의 군주가 말했다. "이건 교환이다. 너희는 헛수고를 위해 내 거주민 하나를 데려가고 싶어 한다. 가능할 리가 없건만, 그 소녀에게 다시 살수 있다고 약속하고 싶어 하지. 너희가 내 말을 들으리라 생각했다면 아예 데려가지 못하게 금했을 테지만, 오르페우스 흉내를 내며 내 거주민을 꾀어내려 찾아온 이가 너희가 처음은 아니야. 그나마 그 과정에 값이라도 붙여야 너희 산 자들이 나를 함부로 갈취하지 못하겠지."

"왕이시여." 낸시가 깊이 절을 하더니, 몸이 완전히 반으로 접힌 채 얼어붙어서 다시 조각상이 되었다.

망자의 군주는 미소지었다. 미소를 지으니 이상하게

인간처럼 보였다. "낸시야." 그 목소리에는 의심할 여지 없는 애정이 깃들어 있었다. "이들이 네 친구들이냐?"

"학교 친구들입니다." 낸시는 일어서면서 말했다. "이쪽이 케이드예요."

"아. 그 전설적인 소년이로군." 그는 케이드를 돌아보았다. "낸시가 너를 극찬했지."

"저희에게 공짜 거래를 해 주실 만큼요?"

"안타깝구나."

"잠깐만요." 나디아가 다른 이들을 둘러보며 쭈뼛쭈뼛 앞으로 나섰다. 욕조에서도, 거북이 연못에서도 너무 멀리 떨어져 있다 보니 바싹 마른 머리카락이 폭신한 갈색 구름처럼 일어나 있었다. "망자의 군주님, 혹시 여기에 거북이들이 있나요? 유령 거북이 말고요. 진짜 거북이, 연못에서 헤엄을 치고 거북이가 하는 일을 하는 거북이요."

"'잊혀진 영혼들의 강'에 거북이가 살지." 망자의 군주는 약간 당황한 얼굴로 대답했다.

"좋아요." 나디아가 말했다. "좋아요, 좋아. 군주님의, 어, 군주님의 아내 분께서 벨리레카를 안다고 하셨거든요. 제 문이 통하는 세계요. 제가 물에 빠진 소녀로 살던 물에 빠진 세계요. 전 여전히 물에 빠진 소녀예요. 제가 온 곳은 너무 메말랐어요. 공기도 무자비하고요."

"나도 어딘지 안다." 망자의 군주가 엄숙하게 말했다.

"서로 가까운 세계들끼리면, 문이 어디에서나 열릴 수 있는 거죠? 리니가 말해 줬는데…" 그녀는 옥수수사탕 눈을 하고 코를 훌쩍이고 있는 소녀를 가리켰다. "리니의 세계에서도 어떤 남자애가 자기 문을 찾아서, 더 잘 맞는 곳으로 떠났댔어요. 제가 여기 남고, 벨리레카가 절 되찾고 싶어 한다면, 여전히 제 문은 절 찾을 수 있는 거죠?"

"나디아, 그러지 마." 코라가 말했다.

"그렇다." 망자의 군주가 말했다. "그리고 벨리레카가 찾아온다면 나도 너를 보내 주마. 그런 경우라면 내가 옆으로 비켜서서 너에 대한 권한을 내려놓겠다."

나디아는 다른 아이들을 둘러보았다. "난 학교에 5년 있었어. 한 달만 있으면 열일곱 살이 돼. 그리고 다시 1년이 지나면 졸업이고, 가족들은 내가 어딘가에 가서 내 인생을 꾸려 가길 기대할 거야. 그렇게 초 읽기나 하면서 살 수는 없어. 난 집에 가고 싶은데, 그러려면 벨리레카가 나를 다시 부를 때까지 기다려야 해. 난 스미 같은 정치 유배자가 아니야. 케이드 같은 문화 유배자도 아니야. 난 그저 엉뚱한 해류에 휘말렸을 뿐이야. 난 집에 가고 싶어. 여기에서라면 학교에서와 마찬가지로 기다릴 수 있어."

"나디아, 안 돼." 코라가 더 절박하게 말했다. "날 두고 가지 마. 넌 나에게 하나뿐인 진짜 친구야."

나디아의 미소는 비딱했고 순식간에 스쳐 지나갔다. "이것 봐. 그거야말로 내가 여기 남아야 할 가장 좋은 이유야. 넌 친구를 더 사귀어야 해, 코라. 너의 물길과 통하는 어귀가 나 하나일 순 없어."

"엘리노어 이모가 날 죽일 거야." 케이드가 중얼거렸다.

"내 선택이었다고 말씀드리고, 여기가 학교보다 벨리레카에 더 가깝다고 하면 괜찮을 거야." 나디아는 손을 저어 케이드의 걱정을 일축했다. 그리고 그녀는 망자의 군주를 돌아보았다. "제 친구들을 보내 준다면, 그리고 제 집으로 가는 문이 나타날 경우 보내 준다고 약속하시면, 제가 여기 남을게요. 저는 군주님의 강을 돌아다니고 거북이들에게 겁을 주고 도무지 가만히 있질 않겠지만,

애초에 가만히 있을 사람을 원했다면 우리 중 하나를 요구하지 않으셨겠죠. 군주님은 그저 여전히 모든 것을 책임지고 있다는 기분을 느끼게 해 줄 상대를 원하실 뿐이니까요."

"그 비난을 부정할 수 없구나." 망자의 군주는 무척 희미한 미소를 지으며 말했다. "네가 남는다고?"

"제가 남을게요." 나디아가 말했다.

케이드는 아픈 표정으로 눈을 감았다.

"협약은 이루어졌다." 망자의 군주는 일행을 돌아보았다. "너희는 대가를 치렀다. 유령은 너희와 함께 갈 수 있다. 낸시?"

"네, 전하?"

"네 친구를 강으로 안내해 주거라."

"네, 전하." 낸시는 그렇게 말하고 나디아를 돌아보았다. "따라와."

다른 아이들은 주군의 전당을 장식하기 위해 그들 곁을 떠나간 소녀가 물에 빠진 소녀 나디아를 이끌고 강을 향해, 미래를 향해 가는 모습을 조용히 서서 지켜보았다. 그 미래가 무엇을 가져올지는 몰라도 말이다. 낸시도 나디아도 돌아보지 않았다. 둘 다 작별인사도 하지 않았다. 유령을 입은 스미의 해골은 왜 그들이 이런 대가를 치르기로 했는지, 무엇을 해내야 하는지 끈질기게 상기시켰다.

"감사드립니다." 마침내 케이드가 말했다. "저희는 이제 가 보겠습니다."

"잠깐만요." 크리스토퍼가 말했다.

망자의 군주가 돌아보았다. "무엇이냐, 마리포사의 아이야?"

"저는 피리를 불어서 망자의 뼈를 땅에서 꺼낼 수 있고, 마리포사에서는 그걸로 충분했어요. 빠진 게 없었죠. 그런데 스미에겐 뭔가가 빠져 있어요. 낸시가 난센스는 여기로 오지 않았다고 했는데, 그러면 어디로 간 거죠?"

"난센스가 언제나 가는 곳이지." 망자의 군주가 말했다. "집으로 갔다. 방황하는 이가 살아 있는 동안에는 문이 열리지 않는다 해도, 죽은 후에는 안식을 찾기 마련이지."

"집…." 케이드가 천천히 말하더니 리니를 돌아보았다. "좋아. 우릴 컨펙션으로 데려다줘."

리니의 눈동자에 빛이 들어왔다. 그녀는 망설이지도 않고 팔찌를 입가에 가져가더니 구슬을 하나 더 물어뜯고 와삭와삭 깨물어 삼켰다.

바로 일행의 발밑에 문이 열리더니 크게 벌어졌고, 그들은 떨어지고 있었다. 살아 있는 10대 네 명과 반짝이는 해골 하나가. 리니는 떨어지는 내내 깔깔거렸다. 일행이 떨어지고 나자 문이 쾅 소리를 내며 닫혔다.

망자의 군주는 문이 있던 자리를 쳐다보더니 한숨을 내쉬었다. 그가 손을 흔들자 빛의 점들이 방 안을 춤추듯 돌아다녔다. 산 자들은 언제나 그렇게 급했다. 그들도 곧 배우게 되리라.

리니의 문이 열린 곳 아래에는, 밝은 분홍색인 데다가 거품이 보글보글 오르고 있지만 않다면 코라가 바다라고 부를 법한 물이 있었다. 크리스토퍼는 떨어지면서 몸을 공처럼 말아서 온몸으로 피리를 보호했다. 케이드는 아마추어처럼 공포에 질려서 팔다리를 마구 휘두르며 떨어졌다. 리니는 중력이 자신을 해칠 수 있다고는 전혀 생각하지 못한 사람처럼 깔깔거리며 허공을 빙글빙글

돌았다. 스미의 해골은 그냥 떨어졌다. 아마 죽은 사람은 물에 빠지는 문제를 많이 걱정하지 않을 것이다.

예전에 학교 수영팀의 깜짝 전력이었던 코라는 몸을 활 모양으로 휘고, 두 팔을 앞으로 쭉 뻗어 손을 모으고, 충격에 부러질 위험을 줄이기 위해 목을 접어 넣었다. 목이 부러지는 일이 자주 일어나지는 않았지만, 이런 높이에서 뛰는 다이빙 선수도 자주 보지는 못했다.

'난 날고 있어.' 코라는 들떠서 생각했다. 아래에 펼쳐진 바다가 분홍빛이고 주위 공기에서 설탕과 딸기 시럽 냄새가 나면 또 어떻단 말인가? 알 게 뭐람? 학교에는 거북이 연못도 있었고, 동그란 무릎과 배 부분만 수면 위에 남기고 코까지 푹 잠길 정도로 큰 욕조도 있었지만, 수영장이나 바다는 없었다. 그러다 보니 코라는 트렌치스를 떠난 이후 수영을 한 적이 없었고, 온몸의 모든 세포가 바다에 에워싸이는 순간을 갈망했다.

일행은 모두 동시에 수면에 부딪혔다. 케이드와 크리스토퍼는 요란한 물보라를 일으켰고, 리니와 스미는 그보다 작은 물보라를 일으켰으며, 코라는 작살처럼 파도 위를 가르고 보글거리는 분홍색 바닷속으로 깊이 깊이

들어갔다.

제일 먼저 허공으로 튀어나온 것도 코라였다. 인어로서 훈련된 발차기 덕분에 그녀는 분홍색 포말 위로 1미터 가까이 튀어 오르면서 퉤퉤거리고 외쳤다. "탄산음료잖아!"

리니가 둥실둥실 떠오르면서 깔깔댔다. "딸기 루바브맛 탄산음료네!" 환호하는 리니는 손가락에 이어 귀도한쪽이 사라진 상태였다. 본인은 알아차리지 못한 것 같았다. "우린 집에 왔어. 우린 집에 왔어. 우린 거품을 타고 집에 왔어!" 그녀는 남아 있는 손으로 코라에게 바닷물을 튀기며, 사방에 탄산음료를 뿌렸다.

케이드는 푸푸거리면서 수면으로 올라왔다. 스미의뼈는 그냥 떠올랐다. 모든 인간적인 척도를 넘어서는 부력이었다.

코라가 얼굴을 찌푸렸다. "크리스토퍼는 어디 있어?" 그녀는 케이드를 보고 물었다.

"무슨 뜻이야?"

"떨어질 때 다들 어디에 있는지 봤는데." 그걸 확인할정도로 침착한 사람은 코라 하나뿐이었다. 나머지는 방

향을 잡기보다는 공포에 질리거나, 그냥 곤두박질쳤다. 탓할 수 없는 일이었다. 모두 어울리는 일이 다 다른 법이니까. "크리스토퍼는 내 바로 옆에 있었어."

케이드는 눈을 크게 떴다. "나는 몰라."

계속 대화할 시간이 없었다. 적어도 이 사태를 잘 수습하고 싶다면 그랬다. 코라는 심호흡을 하고 잠수하면서 잠깐이지만 머리끈이 있었으면 좋겠다고, 아니 기왕이면 아가미가 돌아왔으면 좋겠다고 생각했다.

딸기 루바브 탄산음료의 바다는 ―그런데 대체 누가 그런 걸 먹지? 다들 여기에서 나가면 끔찍한 요로감염에 걸릴 것이다― 반투명했고, 보통의 물보다 가벼웠다. 거품 때문에 눈이 따끔거렸지만, 그 정도 통증은 감당할 수 있었다. 수영장 염소가 더 아팠다.

(설탕과 탄산이 일으킬 피해에 대해서도 생각을 떨치기 힘들었다. 하지만 리니는 걱정하는 모습이 아니었고, 여기는 리니의 난센스 세계에 있는 리니의 바다였다. 아마 여기에서는 일이 다르게 돌아가리라. 코라가 가 본 모든 곳이 다 다르게 돌아가기는 했다. 어쨌든 지나치게 차이가 크지는 않을 것이다. 너무 다르면 그들이 계속

바다에 떠 있을 수도 없을 테니까.)

살아 있는 소금물 태피로 만든 듯한 긴 장어가 옆으로 지나갔다. 그 기묘한 몸을 보니 페퍼민트 상어와 눈깔사탕 등껍질을 한 거북이, 검드롭과 젤리빈 물고기 같은 것들이 생각났다. 살아 있는 설탕으로 만들어진 이 생태계는 다른 곳에서 일이 어떻게 돌아가는지 전혀 관심을 두지 않은 채, 완전히 다른 규칙 속에서 번성하고 있었다. 다른 세계 따위야, 직접 찾아오기 전까지는 전설이고 거짓말일 뿐.

코라는 딸기 루바브 바닷속 깊숙이, 더 깊숙이 잠수하다가 천천히 바닷속을 떨어져 내려가는 무엇인가를 보았다. 캔디로 만들었다기에는 너무 단단해 보였고, 어린아이 과자봉투에 넣기에는 너무 색이 어두웠다. 코라는 본능적으로 두 다리를 모아서 돌고래처럼 발을 차며 더 세게 아래로 헤엄쳤다. 지느러미와 비늘이 없다 해도 그녀는 트렌치스의 영웅이었고, 마치 마왕에게 쫓기는 것처럼 헤엄치는 인어였다. 그녀는 재빨리 크리스토퍼 옆에 도착해서 붙잡았다.

크리스토퍼는 눈을 감고 있었다. 코에서도 입에서도

공기 방울이 나오지 않았다. 하지만 한 손에는 뼈 피리를 꽉 쥐고 있었다. 코라는 그게 아직 살아 있다는 뜻이길 빌었다. 이미 죽었다면 손에서도 힘이 풀리지 않았을까?

그는 피리를 놓지 않을 터였다. 평소 같으면 코라가 그의 겨드랑이 밑에 두 손을 넣어서 끌고 올라갔을 테지만, 그랬다가 피리를 놓치기라도 하면 크리스토퍼는 마지막 남은 집의 흔적을 찾기 위해 다시 내려오겠다고 주장할 게 뻔했다. 코라도 이해할 수 있었다. 그래서 그녀는 공주님 안기로 그를 들었다. 아니면 검은 산호초의 괴물이 아름다운 희생자를 물 밖으로 꺼낼 때와 비슷한 자세랄까(1954년의 호러SF 영화 〈Creature from the Black Lagoon〉을 말한다 - 옮긴이 주). 크리스토퍼는 움직이지 않았다.

코라는 발을 찼다.

코라는 자신이 언제나 인어였다고 생각했다. 두 다리 인간들 사이에서 보낸 시간은 우연이었고, 그녀의 꼬리가 현실이었다고 말이다. 그녀는 중력의 독재에서 해방되어 물속에 살아야 할 사람이었고, 그놈의 중력은 리니가 거북이 연못에 떨어진 순간부터 평소 이상으로 그녀의 하루를 망치려 들었다. 코라가 발을 차자 바다가 응답하여 그녀를 위로 밀어 올리고, 그녀의 노력을 운동량으로 바꿔 줬다.

바로 이것, 이거야말로 인생이었다. 코라의 몸집이 장애가 아니라 자산인 환경만 있으면 됐다. 그녀의 폐는 컸다. 다리는 강했다. 그녀는 날고 있었고, 크리스토퍼를 품에 안고 있다 해도 속도가 느려지지 않았다.

그들은 탄산음료의 물보라와 거품을 일으키면서 바다 표면을 깨고 나갔다. 리니와 케이드는 둥실둥실 떠서 기다리고 있었고, 스미의 해골도 세상에서 제일 음울한 아이의 목욕용 장난감처럼 떠 있었다.

크리스토퍼의 머리가 축 늘어지면서 입이 살짝 열리더니, 분홍색 탄산음료가 입술에서 턱까지 주르륵 흘러내렸다. 코라는 주변을 둘러보다가 근처의 해안을 찾아냈다. 그리 멀지 않았다. 50미터도 안 됐다. 갈 수 있었다.

"서둘러!" 코라는 소리 지르고는 빠르게 동료들을 앞질러 헤엄쳤다. 그건 중요하지 않았다. 그들은 중요하지 않았다. 물에 빠져서 죽어 가고 있는 건 크리스토퍼였다. 그녀가 구해야 하는 것도 크리스토퍼였다.

그녀는 눈 깜짝할 사이에 원치 않는 두 다리로 다시 서서, 크리스토퍼를 안아 들고 거품 파도를 벗어나 비틀비틀 해안에 섰다. 그를 내려놓으면서 보니 갈색 설탕과 케이크 크럼블로 만들어진 바닷가였다. 그는 여전히 움직이지 않았다. 코라는 그를 돌려 눕히고, 그 입에서 분홍색 액체가 터져 나올 때까지 등을 두드렸다. 그러나 분홍색 액체가 설탕 밭에 빠르게 흡수될 때까지도 그는 움직이지 않았다.

코라는 뭘 해야 하는지 깨닫고 얼굴을 찌푸리다가, 그를 다시 돌려 눕히고 CPR 단계를 밟았다. 그녀는 9학년과 10학년 사이에 가능한 인명구조원 수업을 모두 받았고, 여름 내내 수영장 가에 앉아서 어린아이들이 빠져 죽지 않게 막으려 했었다. 어쩌면 좀 더 수줍음 많고 뚱뚱한 아이들을 언제나 놀려 댈 이유만 찾는 또래들에게서 보호할 수 있을지도 모른다고 생각했다.

(그녀는 어린아이들보다 더 심한 제 또래들에 대해 계산하지 못했다. 그녀의 로커에 쑤셔 넣어진 쪽지들, 학교에서 받는 것보다 더 차갑고 잔인한 쪽지들에 대해서도 예상하지 못했다. 학교에서는 그래도 다른 학생들이 그

녀에게 익숙해져 있었고, 그녀를 '그 뚱녀' 말고 다른 뭔가로 생각해 볼 시간이라도 있었건만. 그녀는 결국 빨간 수영복을 입거나 호루라기를 입에 물지 못했다. 그 대신… 다른 일을 저질렀고, 트렌치스에서 깨어났을 때는 그저 사후세계가 놀랍도록 친절하다고 생각했다. 여전히 살아 있다는 사실도, 삶이란 언제나 새롭게 잔인해질 방법을 찾아낸다는 사실도 깨닫지 못하고서.)

코라는 그에게 숨을 불어넣고, 가슴을 압박했다. 그렇게 한참을 하고서야 그의 가슴팍이 스스로 움직이기 시작했고, 크리스토퍼는 자력으로 몸을 다시 굴려 다시 한번 분홍색 탄산음료를 모래밭에 토해 냈다. 그가 기침을 하기 시작하자 몸을 굽힌 그녀는 그가 앉도록 도와주고, 달래듯이 천천히 둥글게 등을 문질렀다.

"숨 쉬어." 코라는 말했다. "숨을 쉬어야 해."

뒤쪽이 소란스러웠다. 코라는 돌아보지 않았다. 돌아보면 무엇이 보일지 알고 있었다. 수영을 썩 잘하지 못하는 두 명이 비틀비틀 파도에서 걸어 나오고, 해골 하나가 바싹 따라오겠지. 언제 그게 새로운 일상이 되었는지는 도무지 알 수가 없었다.

크리스토퍼는 다시 기침을 하고 나서야 놀라서 눈을 크게 뜨고 고개를 퍼뜩 들었다. 코라는 한숨을 쉬었다.

"네 손에 있어. 넌 피리를 떨어뜨리지 않았어. 나도 그렇게 놓아두지 않았을 거고."

크리스토퍼는 시선을 내리더니, 피리를 보고 살짝 긴장을 풀었다. 여전히 말은 하지 않았다.

코라는 종아리를 바닥에 대고 무릎 꿇고 앉았다. 온몸이 끈적이는 분홍색 액체에 젖어 있었는데, 트렌치스를 떠난 이후 처음으로 만족스러웠다. 거의 집에 온 듯한 기분이었다. 그녀는 고개를 돌리고 케이드와 리니에게 말했다. "크리스토퍼는 괜찮을 거야."

"신이시여, 고맙습니다." 케이드가 말했다. "엘리노어 이모는 나디아가 자기 세계와 인접해 있을지 모르는 언더월드에 남기로 했다는 건 용서할지 몰라도, 누가 빠져 죽었다면 날 용서하지 않았을 거야."

"쟤가 괜찮지 않을 이유가 뭐가 있어?" 리니가 물었다. "설탕일 뿐인데."

"여기 출신이 아니면 액체를 너무 많이 마실 경우에 죽을 수도 있거든." 코라가 말했다. "그걸 '익사'라고 해."

리니는 놀란 얼굴이었다. "너희 세계는 정말 끔찍하구나. 어머니들은 죽고 사람들은 바다에서 숨을 못 쉬는 세상이라니, 난 살고 싶지 않아."

"음, 뭐. 주어진 대로 사는 거지." 코라는 알약과 수영장과 익사에 대해 생각하며 중얼거렸다. 그리고 크리스토퍼를 다시 보았다. "일어설 수 있겠어?"

그는 여전히 말은 하지 않고 고개만 끄덕였다. 코라는 몸을 앞으로 기울여 크리스토퍼의 겨드랑이를 잡고, 일으켜 세웠다. 코라의 힘을 지렛대 삼아서 일어난 크리스토퍼는 목 아래쪽에 한 손을 대고 한 번 더 기침을 했다.

"따가워." 쉰 목소리였다.

"탄산 때문이야." 코라는 말했다. "탄산음료는 들이마시지 마. 물도 들이마시지 마. 물에 맞는 몸이 아니라면. 염소도 아주 지독해. 넌 괜찮아질 거야."

크리스토퍼는 고개를 끄덕이고, 손을 내려 뼈 피리를 꽉 쥐고 있던 손에 포갰다. 뼈 피리는 이미 말라 있었고, 무한한 분홍색 염료에 들어갔다 나온 흔적은 하나도 남지 않았다.

나머지에 대해서는 그렇게 말할 수 없었다. 케이드의

흰 셔츠는 이제 밝은 분홍색이었고, 리니의 드레스는 이제 '녹아내리는 셔벗'이라기보다는 '딸기 스무디'가 되어 있었다. 코라는 검은 옷을 입고 있었지만, 하얀 양말은 이제 하얗지 않았다. 스미조차도 햇빛을 받은 보석처럼 작은 분홍색 물방울들을 반짝였다.

"갈수록 괴상해지는데, 내가 이걸 좋아하는지 잘 모르겠어." 코라는 중얼거렸다.

케이드는 공감한다는 표정을 짓더니 한 손으로 머리카락을 쓸어서 끈적이는 탄산음료를 털어 냈다. "너무 진지하게 생각하지 말도록 해. 우린 이 세계가 얼마나 많은 논리를 감당할 수 있는지 몰라. 혹시 우리가 지나치게 많은 규칙을 적용한다는 이유로 이 세계가 우리를 부수려 한다면 골치 아파질 거야." 그는 리니를 돌아보았다. "우린 이제 네 영역에 왔어. 네 어머니의 난센스를 어디에서 찾지? 스미를 하나로 합치려면 그게 필요할 거야."

코라는 터져 나오려는 키득임을 삼켰다. 지금 그렇게 웃었다간 히스테릭하게 들릴 테고, 그녀가 잘 대처하지 못하는 것처럼 들릴 터였다. 게다가 그게 완전히 틀린 판단도 아닐 것이다. 그녀는 견실하고 실질적인 사람이었고, 마법의 존재를 받아들이기는 했지만 ―상황상 그럴 수밖에 없었다― 그래도 '마법은 진짜고, 다른 세계들도 진짜고, 인어를 원하는 세계라면 인어도 진짜일 수 있다'와 '여자들은 하늘에서 거북이 연못으로 떨어지고, 해골들이 걸어 다니고, 우린 내 절친을 언더월드에 두고 왔다는 게 다 진짜다' 사이에는 큰 차이가 있었다.

학교에 돌아가면 코라는 뜨거운 목욕을 하고, 욕조에 몸을 동그랗게 만 채로 며칠이고 잘 것 같았다.

"여긴 '딸기 바다'야." 리니가 주위를 둘러보며 언짢은 투로 말했다. "서쪽에는 '머랭 산맥'이 있고, 동쪽에는 '큰 얼음사탕 산'이 있지. 그 사이로 길을 잡고 '퐁당 숲'을 가로지르면 농장지대가 나올 거야. 내 집이 있는 곳. 내 어머니가 있어야 할 곳. 그러니 어머니의 난센스가 어딘가로 갔다면, 아마 거기겠지."

"이 세계는 어느 정도로 난센스야, 리니?" 케이드가 물었다. "우리 중에는 비논리적인 세계로 갔던 사람이 없는데, 난센스는 어울리지 않는 사람을 거부하는 경향이 있잖아. 우린 신발에 붙은 흙처럼 논리를 끌고 다닌다고."

"무슨 말인지 모르겠어." 리니가 말했다.

"여기 사람들은 보통 물을 호흡해도 빠져 죽지 않는데, 크리스토퍼는 빠져 죽을 뻔했지. 그게 논리가 스며든 결과야." 케이드가 말했다. "우린 이 세계가 우리를 밀어내기로 결정하기 전에 네 어머니를 고치고 여길 빠져나가야 해."

"밀려 나가면 우린 어디로 가게 될까?" 코라가 물었다.

"그건 우리 이모는 좋아하고 나는 싫어하는 류의 철학적 질문이네." 케이드가 말했다. "학교로 돌아갈 수도 있고, 망자의 전당으로 돌아가서 영원히 낸시가 정원 조각상 노릇을 하는 모습을 지켜보게 될 수도 있어. 아니면 각자의 문을 통과하게 될 수도 있겠지." 케이드의 입술이 얇고 암울한 선을 그렸다. "너희에겐 좋은 일이고, 나한테는 좋지 않을 거야."

코라는 케이드의 문에 대해 잘 알지 못했지만, 케이드가 돌아가려는 욕망이 없는 유일한 학생이라는 사실은 알았다. 다른 아이들이 방황하는 동안 그는 물러서서 지켜보기만 하며, 남은 평생 학교가 자기 집이 되리라는 사실에 만족했다. 그건 좋은 일이었다. 빛을 찾아 헤매는 길 잃은 아이들은 언제나 있을 테니, 누군가는 등대 불을 밝혀야 했다. 그러나 그건 끔찍한 일이기도 했다. 그 누구도 진정으로 속할 곳을 찾고서 거부당해서는 안 되기에.

"컨펙션은 컨펙션이야." 리니는 어리둥절한 듯이 말했다. "엄마는 언제나 여기가 난센스라고 말하고는, 깔깔거리며 나한테 입을 맞추고 이랬어. '그래도 일어날 일은 일어나고, 아기들은 여전히 태어나지'라고."

"그러니까 난센스이긴 해도 한결같은 내부 규칙이 있는 세계구나." 케이드가 안심한 목소리로 말했다. "너희는 아마 논리적인 세계와 가깝거나, 아니면 강력한 이성에 토대를 두고 있을 거야. 어느 쪽이건 간에, 그렇다면 우리가 주위 현실을 부정하려고만 하지 않으면 쫓겨나진 않겠다. 영양분에 대해서는 아무도 말하지 마."

"그럴 생각도 없었어." 크리스토퍼가 말했다.

뒤늦게 자신이 사탕으로만 만들어진 세계에 떨어진 뚱뚱한 소녀라는 사실을 깨달은 코라는 뺨만 붉힐 뿐 아무 말도 하지 않았다. 예전 학교 학생들이라면 이 상황을 두고 그녀의 가장 내밀한 환상이 실현됐다고 놀렸을 것이다.

다섯 명은 크럼블과 설탕 해변을 터덜터덜 걸으며, 저

앞에 솟은 통밀 크래커와 쇼트브레드 바위를 향했다. 울퉁불퉁한 바닥에 애먹지 않는 건 스미 하나뿐이었다. 그녀는 모래에 발이 빠지기엔 너무 가볍다 보니 모래 위를 태평하게 걸으며 뼈 발자국을 남겼다. 무지개빛 해골인 동시에 근엄한 흑백의 10대 소녀인 그녀는 불가능을 비추는 기묘한 이중 노출이었고, 코라는 그 모습을 보기만 해도 몸서리가 났다. 스미의 현재 모습 중에 한쪽만 해도 나빴을 것이다. 그런데 양쪽 모두 보이니 공격적인 느낌마저 들었다. 가능하기에는 너무 모순이었고, 부정하기에는 너무 확고했다.

"농장까지는 얼마나 걸어야 해?" 케이드가 물었다.

리니는 잠깐 생각해 보고 대답했다. "하루 넘게는 안 걸려. '좋은 하루 여행은 베이킹소다와 같지. 잘 쓰면 케이크가 부풀어 올라서 널 맞이할 거야.'"

크리스토퍼는 눈을 깜박였다. "그러니까 세상이 재배열되어서, 가고 싶은 곳은 어디든 출발지에서 하루 거리가 된다는 말이야?"

"음, 당연하지." 리니가 말했다. "네가 온 곳에서는 아니야?"

"슬프게도, 그래."

"헤에." 리니가 말했다. "그러면서 내 세계를 비논리적이라고 하다니."

크리스토퍼는 대꾸할 말이 없었다.

해변 끝에 다다랐을 때쯤에 코라는 종아리가 아팠고, 구운 과자로 이루어진 단단한 바위에 올라서니 발 밑이 안정되는 달콤한 안도감이 느껴졌다. 통밀 크래커와 쇼트브레드는 실제 바위보다 더 좋아서, 디즈니랜드의 폭신한 포장길을 밟는 것 같았다. 여전히 주저앉고 싶은 마음은 간절했지만, 이 세계의 도로가 다 이렇기만 하다면 한동안 더 걸을 만도 했다.

오래지 않아서 초목이 나타나기 시작했다. 그걸 초목이라고 부를 수 있다면 말이다. 나무 줄기는 진저브레드와 퍼지였고, 과일맛 구미젤리와 젤리빈 다발을 설탕 세공 잎사귀들이 에워쌌다. 풀은 아이싱 주머니에서 짜낸 것처럼 생겼다. 리니는 잠깐 멈춰 서서 까치발을 들고 낮은 가지에 열린 케이크팝을 한 줌 뜯어내더니, 우적우적 씹으면서 다시 걸었다.

"바다을 먹는 건 좋은 생각이 아니야." 리니는 입술에 아이싱을 묻히고 케이크를 씹으면서 쾌활하게 말했다. "사람들이 밟고 다니잖아."

"하지만 여기 흙도 먹을 수 있는 거라면, 발에 흙이 묻는다고 더러운 것도 아니잖아?" 크리스토퍼가 물었다.

리니는 먹던 것을 삼키더니 한심하다는 눈으로 말했다. "우린 여전히 오줌을 싸거든. 사람들은 오줌을 싸고, 그러면 다른 사람들이 그걸 밟고, 그러고는 바닥을 밟고 다닌단 말이야. 난 누군가의 오줌이 묻은 걸 먹고 싶지 않아. 역겹잖아. 네가 온 세계에선 오줌을 먹나 봐?"

"절대 아니야!" 크리스토퍼는 항의했다. "마리포사의 해골들은 그런… 거 안 해. 가끔 뭔가를 먹긴 하고, 여전히 와인과 진저비어 맛을 즐기기도 하지만, 해골에겐 위가 없으니 모든 게 그대로 통과하거든."

코라가 눈을 껌벅였다. "하지만 너는 –"

"묻지 마." 크리스토퍼가 고개를 내저었다. "지저분하고 불쾌했고, 결국에는 해결하긴 했지만 그 이야긴 하고 싶지 않아."

"리니." 리니가 크리스토퍼에게 더 설명해 달라고 하기 전에 케이드가 끼어들었다. "어째서 이 세계는 사람만 빼고 모든 게 과자로 만들어진 거야?"

"아, 그거야 쉽지." 리니는 케이크팝을 하나 더 깨물어 삼키고 말했다. "컨펙션은 딱딱한 알사탕 비슷해. 겹겹의 층이 있어서 그걸 다 파고들어 가면 가운데에는 돌과 슬픔으로 이루어진 딱딱한 작은 공만 있어. 너희 세계와 비슷한데, 그보다 좀 작은."

"고맙다." 케이드가 심드렁하게 말했다.

리니는 그 말에 담긴 감정을 알아차리지 못했다. "그것도 하나의 세계니까, 원래는 아무도 살지 않았다 해도 결국엔 누군가가 그리로 이어지는 문을 찾아냈지. 그 여자는 주위를 둘러보고 생각했어. '흠, 이거 지독하네.' 그러고 다시 생각했지. '빵이 좀 있으면 낫겠는데.' 그러자 그 여자는 스토브를 비롯해서 빵을 굽기 위해 필요한 모든 물건을 발견할 수 있었어. 그건 컨펙션이 태어나고 싶어 했기 때문이야. 그래서 그 여자는 굽고 굽고 또 구웠지. 먹을 수 있는 빵을 다 구운 다음에는 침대도 구워 내고, 침대를 넣을 집도 구워 내고, 그다음에 또 생각했지. '좀 더 부드러운 바닥을 밟고 다니면 좋지 않을까.' 그래서 그 여자는 세상을 두 바퀴 두를 정도로 많은 빵을 구웠어. 돌은 없어졌고, 여자에겐 빵으로 이루어진 왕국이 하나 생겼지. 그래도 아직은 상당히 작은 세계였고, 결국 지겨워진 여자는 집으로 가는 문을 구워 낸 다음, 다시는 돌아오지 않았어." 리니는 잠시 이야기를 멈췄다. "하지만 그 여자의 딸은 돌아왔지. 딸은 평생 제빵사의 딸로 산 것치고는 빵을 별로 안 좋아했는데, 그 대신 쿠키를 좋아했지 뭐야…."

리니의 이야기는 계속 계속 이어지며, '빵 굽는 여자'가 구워 낸 문을 통해서 줄줄이 찾아온 제빵사들의 컨펙션 창조 신화를 풀어냈다. 제빵사가 차례차례 끝없이 이어진 것 같았다. 모두가 잠시 머물면서 이 세계에 한 겹을 더하고, 컨펙션의 요리 신들이 이룬 기나긴 다신전 목록에 이름을 더했다.

"그리고 '브라우니 굽는 여자'가 세상을 한 겹 더한 후에는, 식물들이 자라기 시작했어. 아마 한 군데에 설탕을 많이 두면 그렇게 되나 봐."

"아니야." 코라가 말했다. "보통은 정말이지 그렇지 않아." 더 말하고 싶었지만, 이를테면 빵은 퀴퀴해지고 곰팡이가 핀다거나, 아이스크림은 아무리 차갑다 해도 보

통 빙하의 기반이 될 만큼 안정적이지 않다거나 하는 말
을 하고 싶었지만, 코라는 입술을 물고 참았다. 트렌치
스가 그렇고, 망자의 전당이 그렇고, 나타났다 사라지는
불가능한 문 너머에 있는 다른 모든 세계가 그렇듯이 이
세계도 규칙이 달랐다.

리니는 빵에 곰팡이가 핀다거나, 냉동고에 둔 음식의
수분이 말라버린다든가, 그 외에도 문 너머 다른 세계에
서 그녀의 세계를 구성하는 기본 물질들에 무슨 일이 생
길 수 있는지를 들으면 공포에 질릴 것이다. 어쩌면 그
게 컨펙션이라는 관념을 설명하는지도 몰랐다. 어쩌면
'최초의 제빵사', 그저 빵을 굽고 싶었을 뿐인 그 소녀는
음식이 넉넉할 때가 없거나, 먹기도 전에 빵이 상해 버
리는 세계에서 왔을지도 모른다. 그래서 그 소녀는 빵을
굽고 굽고 또 구웠고, 더는 배가 비어 있지 않고 굶주림
이 두려워지지 않자 집으로 갔다. 한 작고 텅 빈 세계가
가르쳐 준 유일한 교훈을 배운 채로.

리니는 컨펙션이 알사탕과 비슷하다고 했다. 코라는
그보다는 진주와 비슷하다고 생각했다. 처음에 심어진
'욕구'를 겹겹이 감싸고 감싸고 또 감싸서 생긴 진주. 허

기는 가장 원초적인 욕구였다. 혹시 모든 세계가 이런 식일까? 모든 세계가 우연히 문에 걸려 넘어졌다가 완벽한 어딘가, 초현실적인 어딘가, 그들이 욕구할 수 있는 어딘가를, 그 욕구를 채울 수 있는 어딘가를 찾아낸 여행자들이 세운 걸까?

해변이 까마득히 멀어지면서 파도 소리도 더는 들리지 않았지만, 공기에서는 여전히 희미하게 딸기 냄새가 났다. 코라는 옷에 스며든 탄산음료 때문일 수도 있다고 생각했다. 옷이 마르면서 피부에 들쩍지근하게 달라붙었다. 파리 한 마리가 살펴보려고 날아왔는데, 몸통은 통통한 검은색 젤리빈이었고 다리는 가늘게 꼬아 낸 감초사탕 가닥이었다. 코라는 그 파리를 내쫓았다.

아직도 케이크팝으로 볼을 부풀리고 있던 리니가 걸음을 멈췄다. "이런." 입안에 든 케이크 때문에 목소리가 탁하고 끈적하게 나왔다. 리니는 침을 꿀꺽 삼켰다. "문제가 생겼어."

"무슨 문제?" 케이드가 물었다.

리니가 손가락질을 했다.

앞쪽, 당밀 타르트와 휘핑 머렝으로 만든 언덕 너머에

서 군대처럼 보이는 것이 달려오고 있었다. 이 거리에서는 그들이 탄 말이 진짜인지, 아니면 대단히 정교한 베이킹인지 구별할 수가 없었지만, 중요한 건 그게 아니었다. 설탕으로 만든 검이라 해도 뼈까지 자를 정도로 날카롭기는 마찬가지였으니까. 무자비한 말을 타고 달려오는 기사들은 햇빛에 반짝이는 은박 갑옷을 걸쳤고, 그들의 의도가 무엇인지는 물어볼 필요도 없었다.

"도망치는 게 좋을지도?" 리니는 그렇게 말하더니 뒤돌아서서 달렸고, 다른 아이들도 바로 따라갔다.

물론 그들은 도망치려고 했다. 다른 선택을 한다면 어리석었을 것이다.

물론 그 시도는 실패했다. 다섯 명 중에서 그나마 정기적으로 뛰던 사람은 코라뿐이었는데, 원한다면 놀랍도록 빨리 달릴 수도 있기는 했지만 단거리 경주보다는 지구력에 더 관심이 많았다. 스미는 해골이다 보니, 가벼운 몸무게를 활용할 만한 큰 근육이 없었다. 리니는 운동이라는 게 일상에 필요하다고는 생각도 하지 않은 사람처럼 뛰었다. 몸은 날씬했지만 전혀 단련이 되지 않아서, 제일 먼저 뒤처졌다.

케이드와 크리스토퍼는 최선을 다했지만, 한 명은 재단사였고 한 명은 빠져 죽기 직전에 되살아난 참이었다. 둘 다 달리기에 썩 적합한 몸은 아니었다. 곧 그들은 갑옷을 입고 말을 탄 기사들에게 둘러싸였다.

가까이에서 보니 말들은 확실히 피와 살로 이루어졌지만, 갑옷은 딱딱한 사탕과 땅콩 캐러멜로 만든 것 같았다. 은박지로 싼 것도 인간 피부나 말 털에 달라붙지 않게 하기 위해서였다.

"리니 오니시, 케이크 여왕님에 대한 반역죄로 너를 체포한다." 맨 앞에 선 기사가 말했다. 리니는 이를 드러내며 으르렁거렸고, 기사는 그 모습을 무시했다. "따라와 줘야겠어."

"망했네." 크리스토퍼가 말했고, 딱 맞는 말이었다. 더 할 말이 없었다.

3

나에게 산을 구워 주고,
아이싱 하늘을 만들어 줘

남의 전쟁에

포 로 가 되어

기사들은 설탕으로 꼰 밧줄을 놀랍도록 많이 꺼내어 포로들을 묶더니, 지저분한 세탁물처럼 말 등에 얹었다. 해골을 반짝이는 스미는 건드리기가 무서운지, 개 목줄을 채우듯 목에 밧줄을 걸었다. 그 정도로도 스미를 얌전하게 만들기엔 충분했다. 그녀는 저항하지 않고, 도망치려 하지도 않고 천천히 말을 달리는 무리를 따라갔다.

모두가 묶이기 전에 철저히 몸수색을 당했고, 혹시라도 위험할 수 있겠다 싶은 물건은 재빨리 압수당했다. 리니의 팔찌와 크리스토퍼의 뼈 피리도 포함이었다. 코라는 그 팔찌를 잃는 것이 나머지 모두에게 어떤 의미인지 너무 열심히 생각하지 않으려고 했다. 분명히 리니에게 그 팔찌를 준 마법사가 또 하나 만들어 줄 수 있을 테고, 그러면 이 일이 끝난 뒤 다 함께 미스 웨스트의 학교로 돌아갈 수 있을 것이다. 그들이 남의 문 너머에 갇히는 일은 없을 것이다. 이 세계는 그들이 태어난 세계보다도 더 그들과 맞지 않았다. 코라는 아직도 학교를 '집'이라고 생각할 수 없었지만, 그곳조차 그녀를 그녀 자신으로 만드는 모든 것을 치료할 날만 기다리는 가족의 집으로 돌아가는 것보다 나을 것이 없었지만, 그래도….

그래도 여기에 남을 수는 없었다. 이건 환상의 모험이 아니었다. 이건 사탕을 입힌 원더랜드 모양의 악몽이었다. 예전 학교 아이들이라면 코라가 존재하지 않는 문 너머에서 이런 걸 꿈꾸었을 거라고 여길 테지만 정작 코라는 이 세계와 아무 관계도 맺고 싶지 않았다. 전혀.

기사들이 포로를 매단 채 말을 달리자, 주위 풍경 자체가 가속하는 것처럼 한데 뒤엉켜서 흐릿해졌다. 그게 컨펙션의 논리적인 난센스가 작동하는 방식이었다. 여행을 아무리 빨리 해도, 세계가 얼마나 커져도 상관없이, 어디에서 어디로든 하루면 갈 수 있는 세계의 방식.

(살짝 반칙 같기는 했지만, 리니 같은 사람에게는 비행기와 스포츠카가 반칙처럼 느껴졌을 것이다. 세상 어디에나 갈 수 있으면서 하나도 설명할 필요가 없다니 말

이다. 반칙이란 언제나 관점의 문제이자, 점수를 누가 주느냐의 문제였다.)

케이드가 헉 소리를 냈다. 코라는 케이드가 무엇을 보는지 보려고 밧줄 속에서 최대한 몸을 비틀고 목을 길게 뺐다. 그러고는 그녀도 헉 소리를 내며, 그 모든 광경을 받아들이려고 눈을 크게 떴다.

어떤 면에서, 그들 앞에 나타난 성은 진저브레드 집을 극단적으로 키운 것에 불과했다. 부모님의 꾐에 넘어간 아이들이 크리스마스 연휴에 온 집안을 밀가루와 프로스팅투성이로 만들면서 지을 법한 물건이었다. 하지만 근본이 그렇다 할지라도, 그것만으로는 그 위풍당당하게 솟은 케이크와 시리얼 벽돌과 설탕 건물을 다 설명할 수가 없었다. 그것은 천년을 유지할 작정으로 구워 낸 기념비이자, 랜드마크이자, 건축 업적이었다.

성벽은 향신료 때문에 거무스름해진 진저브레드였는데, 당밀로 굳히고 꽈배기 프레즐 기둥으로 보강했다. 벽에 촘촘히 박아 넣은 설탕 크리스털은 케이드의 주먹보다 컸는데, 그 끝을 날카롭게 갈아서 성 전체를 무기로 바꿔놓았다. 성가퀴는 얼음 사탕으로 조각한 것 같았고,

탑들은 물리법칙과 상식을 다 무시한 채 말도 안 되게 높이 솟았다.

리니가 신음했다. "케이크 여왕의 성이야. 우린 망했어."

"너희 어머니가 물리친 줄 알았는데." 코라가 잇새로 말했다.

"그러기도 했고 아니기도 했지." 리니는 말했다. "엄마가 컨펙션에 돌아오기 전에 죽어 버리니까, 모든 게 없던 일이 되기 시작했어. 케이크 여왕은 내 손가락이 하나 없어지자마자 돌아왔어. 그것도 한꺼번에 돌아왔어. 아마 엄마가 여왕은 한꺼번에 죽였고, 나를 만들 때는 한 번에 재료 하나씩 만들어서 그런가 봐. 날 구워 내는 데엔 9개월 걸렸잖아. 내가 사라지는 데에도 9개월이 걸릴지 몰라. 한 번에 한 조각씩 사라지다가 마지막엔 심장만 남아서, 몸도 없이 땅바닥에서 뛰고 있겠지."

"심장은 그렇게 작동하지 않아." 크리스토퍼가 말했다.

"해골도 걸어 다니지 않거든?" 리니가 말했다.

"전원 정숙하라." 기사 하나가 날카롭게 쏘아붙였다. "경의를 표하라. 너희는 컨펙션 전체의 정당한 지배자를 뵐 것이다."

"컨펙션 전체의 정당한 지배자 같은 건 없어." 리니가 말했다. "케이크와 캔디와 퍼지와 진저브레드는 같은 규칙을 따르지 않는데, 어떻게 한꺼번에 모두에게 통하는 규칙을 만들 수가 있어? 너희는 거짓 여왕을 따르는 거야. 최초의 제빵사가 너희를 부끄러워할 거야. '최초의 오븐'은 너희의 심장을 구워 내지 않으려고 할 거야. 너희는―"

기사의 주먹이 리니의 얼굴을 정통으로 때렸고, 목이 뒤로 꺾인 리니는 숨을 몰아쉬었다. 기사는 돌아서서 나머지 포로들을 하나씩, 하나씩 노려보았다.

"경의를 표하거나, 아니면 대가를 치르거나. 선택은 너희 몫이다." 기사는 말했고, 말들은 걸음을 빨리하며 일행을 그 성에, 그리고 그곳에서 기다리는 존재할 수 없는 여자에게 더 가까이 실어 갔다.

성의 중앙 복도 역시 바깥쪽과 같은 방식으로 이루어졌다. 모든 것이 캔디나 케이크 아니면 다른 구움과자였지만, 하나같이 지구의 제빵사들이 내 작품은 시시하고 허무하다고 울 정도로 우아하고 화려했다. 그림이 그려진 둥근 초콜릿 천장에는 설탕 크리스털 샹들리에가 늘어졌다. 설탕으로 만든 스테인드글라스 창문이 걸러 내어 비산하는 햇빛 덕분에 모든 것이 폭발하는 무지개 같았다.

코라는 눈을 감고 이 모든 것이 어린아이들의 즐거움을 위해 플라스틱으로 찍어 낸 공원이라고 상상했다. 그제야 기분이 조금 나아졌다. 그냥 이 모든 일이 진짜가 아닌 척, 사실은 학교 침대에 안전하게 누워 있는 척하면, ─기왕이면 트렌치스의 해초 침대에 안전하게 누워서 해류에 부드럽게 흔들리며 자고 있는 척하면 더 좋고─ 그러면 멀쩡한 정신으로 살아남을 수 있을지도 몰랐다.

등에 닿아 있는 날카로운 설탕 창촉 때문에 완전히 빠져나가기는 조금 힘들었지만.

리니는 절뚝거렸다. 몸이 흔들리는 모습을 보니, 손가락에 이어서 발가락도 사라지기 시작해서 균형을 잃고 불안정해진 것 같았다. 케이드와 크리스토퍼는 멀쩡하게 걸었지만, 크리스토퍼는 얼굴이 창백했고 약간 넋 나간 얼굴이었다. 그는 없어진 피리를 더듬듯이 계속 손가락을 쥐었다 폈다.

달라진 상황이 아무렇지 않아 보이는 건 스미뿐이었다. 스미는 차분히 앞으로 걸어갔고, 해골 발이 반들반들한 캔디 바닥을 딸깍딸깍 밟는 동안, 엷게 드리운 유령은 조금도 놀랍지 않다는 듯 정중하고 무관심한 태도로 주위를 둘러보았다.

"저들이 우릴 어떻게 할까, 리니?" 케이드가 나지막하게 물었다.

"엄마가 케이크 여왕을 처음 만났을 때는, 여왕이 엄마한테 브로콜리 한 접시를 다 먹게 했대." 리니가 말했다.

케이드는 살짝 긴장을 풀었다. "아, 그 정도면 그렇게 나쁘지…"

"그런 다음에는 엄마의 몸을 갈라서 내장으로 미래를 점치려고 했지. 캔디 내장으로는 미래를 읽을 수가 없거든. 너무 끈적해서." 리니는 그렇게 기본적인 사실을 알려 줘야 한다니 부끄럽다는 듯, 사무적인 말투로 말했다.

케이드는 창백해졌다. "어, 그건 나쁜데. 아주 나빠."

"정숙." 기사 하나가 으르댔다. 그들은 열두 가지 다른 색상의 설탕 유리로 장식된 육중한 진저브레드 문으로 다가서고 있었다. 코라는 얼굴을 찌푸렸다. 그 문은 빛을 받으면 별처럼 반짝이는 작은 설탕 크리스털로 뒤덮여 다채로웠고 아름답기도 했지만, 조화롭지는 않았다. 여기 전체가 다 그랬다. 그게 바로 코라가 계속 주방에서 노는 아이들을 생각하는 이유였다. 이 성에는 어떤 통일성도 테마도 없어 보였다. 크고, 호들갑스럽지만, 일관성이 없었다.

'여긴 난센스 세계야.' 코라는 생각했다. 일관성은 아마 우선순위가 낮을 것이다.

거대한 문 옆에 달린 작은 쪽문이 탁 열리더니, 페퍼민트 스파이어와 태피로 조각한 예쁘장한 춤추는 인형이 끈적한 두 손에 두루마리를 하나 쥐고 튀어나왔다.

"의심할 여지없는 컨펙션의 지배자, 최초의 제빵사의 계승자, 케이크 여왕 폐하께서 지금 너희를 만나겠다 하신다!" 인형이 선언했다. 목소리가 높고 날카로우면서도 꿀을 넣은 시럽처럼 달콤했다. "여왕님의 관대하심에 놀라거라! 여왕님의 친절함에 기뻐하거라! 너희에게 먹이를 주는 손을 물지 말지어다!"

인형은 마치 허리에 감긴 끈이라도 당겨진 것처럼 갑

자기 뒤로 물러났다. 쪽문이 쾅 닫히더니 거대한 문이 열리면서 눈부신 색색깔의 원더랜드 같은 알현실을 드러냈다.

그 방은 컨펙션의 미니어처 같았다. 바깥에 펼쳐진 넓고 위험한 세상을 어린아이 놀이방으로 줄여 놓은 모양새였다. 벽에는 굽이치는 녹색 언덕 위에 분홍색과 파란색 솜사탕 하늘을 그려 넣었다. 사방에 롤리팝 나무들과 검드롭 덤불들이 자랐다. 바닥은 풀 같기도 하고, 굽이치는 언덕 같기도 한 반질반질한 초록색 얼음사탕이었다.

한 발자국을 내딛은 코라는 그 벽들이 평면 그림이 아니라는 사실을 알아보았다. 가느다란 프로스팅 장식을 부풀리고 배치해서 깊이감을 준 거였다. 한 발자국을 더 딛자 덤불과 나무들은 딱딱한 사탕 화분에 담겨 있고, 마구잡이로 자라지 못하게 뿌리를 다듬어 잘랐음을 알 수 있었다.

세 번째 발자국을 딛자, 반투명한 설탕 초목으로 만든 베일이 걷히면서 케이크 여왕이 나타났다. 갸름하고 홀쭉한 얼굴에, 프로스팅과 먹을 수 있는 보석들로 표면을 세공한 6단 웨딩케이크 드레스 차림이었다. 도저히 편안해 보이는 옷은 아니었다. 코라는 그 여자가 움직이면 옷에 금이 가서 다시 구워야 하지 않을까 의심했다. 여자는 한 손에 왕홀을 쥐고 있었는데, 갈색 설탕과 세공된 퐁당과자로 만든 길고 정교한 막대기로, 머리에 얹은 왕관과 한 쌍이었다.

여왕은 일행을 한 명, 한 명 쳐다보다가 스미를 조금 더 오래 보고 나서 겨우 리니에게 시선을 돌렸다. 그리고 천천히 달콤하게 미소지었다.

"드디어 보게 됐구나. 네 어미는 네 첫 돌에 나를 초대하지 않았지. 나는 이 땅의 지배자다. 케이크의 첫 조각은 정당한 공물로써 나에게 주어졌어야 했어."

"내 어머니는 케이크 첫 조각을 정당하고 올바른 공물로 최초의 제빵사에게 바쳤고, 내 생일 파티에 죽은 사람은 하나도 초대하지 않았어." 리니가 영리하게 답했다. "당신이 죽지 않은 상태였다고 해도 초대하진 않았겠지만 말이야. 어머니는 언제나 당신이 파티에 갔다 하면 망쳐 놓는 부류라고 하셨거든."

케이크 여왕이 잠시 얼굴을 구겼다. 그러나 그런 표정을 봤던 게 거짓인가 싶을 정도로 순식간에 얼굴을 펴고 다시 상냥하고 차분한 표정으로 돌아왔다. "네 어머니는 정말 많은 것들에 대해 틀렸지. 아직도 그 여자가 내 두 손에 뜨거운 기름을 붓던 일이 기억나는구나. 내 아름다운 손에 말이야." 그녀는 두 손을 들어 올려 완벽하고 멀쩡하다는 사실을 보여 줬다. "그 여자는 날 막았다고 생각했겠지만, 지금 나를 보거라. 나는 흠 하나 없이 건강한 모습으로 통치권을 회복했고, 그 여자의 소중한 작은 가능성이었던 너는 사라져 가고 있구나. 세상이 네가 존재한 적 없다는 사실을 깨닫고 완전히 삼켜 버릴 때까지 시간이 얼마나 있을 것 같으냐? 내 파티를 언제로 잡을지 알고 싶구나. 영원한 삶을 축하할 파티 말이야."

"당신도 우리 같은 사람이었군요." 코라가 놀라서 말했다.

케이크 여왕은 눈을 가늘게 뜨고 코라를 돌아보았다. "너에게 말하라고 한 기억이 없는데, 애야. 그 뚱뚱한 입 다물든지, 아니면 내가 그 입을 막아 주마."

"당신도 우리 같은 사람이었어요." 코라는 '뚱뚱한'이라는 말에 깃든 독기에 아랑곳하지 않고 다시 말했다. 상처 입기에는 그런 말투에 너무 익숙했다. 그런 혐오라

면 전에도 들어봤는데, 언제나 '몸무게 감시자' 그룹의
여자들에게서였다. 아니면 빼빼 마르도록 굶고서도 저
울 저편에서 그들을 기다리던 약속된 행복의 땅을 찾
아내지 못한 '익명의 과식자들'에게서거나.

"우리라니, 누구?" 여왕은 코라의 입에 독 묻은 퍼지
조각을 처넣을 태세로, 한 마디 한 마디에 독기를 넣어
서 물었다.

"문을 찾았잖아요. 스미만큼이나 당신도 여기 태생이
아니에요." 코라는 확인하듯 케이드를 보았고, 그가 고
개를 끄덕이자 가슴에 뜨거운 확신이 차오르는 것을 느
꼈다. 아주 살짝 끄덕이긴 했어도 케이드도 같은 의심을
했다고 말해 주는 동작이었다. 그녀는 여왕을 다시 보았
다. "당신은 제빵사였나요? 스미는 제빵사가 아니었어
요. 스미는…."

"바이올리니스트였지." 케이드가 말했다. "스미는 케이
크를 굽고 싶어 하지 않았어. 그저 두 손으로 쓸모있는
일을 하고 싶어 했을 뿐이야. 스미에겐 난센스가 필요했
고, 아마 난센스도 스미가 필요했을 거야. 당신이 이 세
계가 결코 원하지 않았던 규칙을 강요하려고 했으니까."

케이크 여왕은 입술을 오므렸다. "너희는 분명 스미의 세계에서 왔겠군." 그녀는 단정하게 말했다. "딱 그 아이처럼 밉살스러워. 정작 스미는 지금 조용한데, 어떻게 저렇게 만들었지?"

"음, 아무래도 죽은 게 컸지." 케이드가 말했다.

"죽은 사람들은 보통 우리를 방해하지 않고 무덤 속에 머물지. 그런데 이건…" 여왕은 미소지었다. "너희가 나에게 큰 선물을 줬구나. 내 위대한 적이 해골에 덧씌운 그림자로 전락한 꼴을 보면 그 누구도 다시는 내게 맞서지 않을 것이다. 어떻게 저것을 획득했지? 그것만 말해 주면 너희 모두 집에 보내 주마."

어떤 면에서는 유혹적인 제안이었다고 말해야 정직하리라. 일행 모두가 한 세계를 구하기 위해 부름을 받고 그 과정에서 스스로를 구해 본 경험이 있었지만, 그건 이 세계가 아니었다. 리니조차도 이 세계를 구하기 위해 부름 받지는 않았다. 리니는 어머니를 구하려고 했고, 그 또한 훌륭한 일이기는 했지만 세계를 구하는 것과는 많이 달랐다. 그들은 학교로 돌아가서 각자의 문이 열리기를 기다릴 수도 있었다. 이 세계와 이곳의 난센스를 뒤로하고 모든 게 이해가 가는 세계로 돌아갈 기회를 기다릴 수도 있었다. 이건 그들의 싸움이 아니었다.

하지만 스미는 그림자와 무지개에 감싸인 말 없는 해골이었고, 리니는 자기만의 현실 규칙에 따라 조금씩 조금씩 사라져 가고 있었다. 지금 그들이 여기를 떠난다면, 리니를 구할 수는 없었다. 그저 기억 말고는 아무것도 남지 않을 때까지, 조각조각 리니가 사라지게 내버려 두는 셈이었다.

(아니, 과연 기억은 남을까? 리니가 태어난 적도 없고 존재한 적도 없어진다면, 그녀가 사라진 후에 그들이 그녀를 기억하게 될까? 아니면 이 무모한 모험 전체가 편집되어, 꿈에서나 있었던 일로 분류되고 말까? 리니가 완전히 사라진다면, 그들은 나디아에게 무슨 일이 일어났다고 생각하게 될까? 나디아가 자기 문을 찾아서 다시 집으로 갔다고 여길까? 다른 학생들이 불이 꺼진 후에 속삭이면서, 나디아도 갔으니 내 문도 열릴지 모른다고 희망하게 만드는 또 하나의 성공담으로? 어째선지 여러 가능성 중에서 그게 최악 같았다. 나디아는 빈 자리를 메꾸기 위해 사람들이 지어낸 이야기가 아니라, 그들

을 돕기 위해 한 일로 기억되어야 마땅했다.)

"고맙지만 사양할게요." 코라가 단정하게 대답했고, 그
것이 세 사람 모두의 의견이었다. 케이드는 충실하고 든
든하게 서 있었고, 크리스토퍼는 창백해져서 떨고 있었
지만.

크리스토퍼는 상태가 좋아 보이지 않았다. 존재가 지워
져 가고 있는 리니마저도 그보다는 나아 보일 정도였다.

"받아들일 것 같진 않았지만, 제안은 해야 했지." 여왕
이 옥좌에 기대어 앉으면서 말했다. 드레스 한 조각이
떨어져서 바닥을 굴렀고, 사탕실 수염이 난 버터스카치
쥐 한 마리가 그 조각을 낚아채어 물고 달아났다. "다시
묻겠다. 내 옛 적수가 어떻게 여기에 온 거지? 죽은 것은
죽어 있는 법인데."

아무도 한 마디도 하지 않았다.

여왕은 한숨을 쉬었다. " 나는 원한다면 아주 잔인해질
수 있는 사람이고, 고집 센 어린아이들은 그 사실을 알게
되지. 혹시 이 물건과 관계가 있느냐?" 여왕은 등 뒤로 손
을 뻗어, 크리스토퍼의 뼈 피리를 꺼냈다. "작고 이상한
악기로구나. 열심히 불어 봐도 소리가 나지 않아."

크리스토퍼는 피리를 보고 전기충격이라도 받은 듯했다. 갑자기 활기를 되찾아 똑바로 몸을 세웠고, 뺨에도 조금씩 혈색이 돌아오더니 아예 열병을 앓는 사람처럼 시뻘개졌다. "돌려줘." 아픈 사람의 속삭임 같은 목소리인데도 그 의미는 분명하게 전달이 됐다.

"아, 이게 네 것이냐?" 여왕이 물었다. "재미있는 색깔인데. 뭘로 만들었지?"

"뼈." 그는 무릎을 후들거리면서 덜컥덜컥 앞으로 걸어갔다. "내 뼈야. 내 것이고, 나를 가지고 만들었어. 돌려줘."

"뼈라고?" 여왕은 매력과 역겨움을 같이 느끼는 시선으로 피리를 다시 보았다. "거짓말. 네가 이렇게 큰 뼈를 잃고도 온전할 리가 없어."

"해골 소녀가 그 자리에 넣을 다른 뼈를 줬고 그건 내 거야, 나에게 돌려줘야 해, 나에게 돌려줘야 해." 크리스토퍼의 마지막 말은 커다란 울부짖음이 되어 나왔고, 그는 목에 밧줄을 매단 채로 뛰어서 케이크 여왕에게 덤벼들었다.

그의 두 손이 여왕에게 닿기 직전에 기사 하나가 밧줄

끝을 밟아서 크리스토퍼를 뒤로 잡아당겼다. 그는 바닥에 쾅 소리 나게 주저앉더니 울기 시작했다.

"재미있구나." 여왕이 숨을 돌렸다. "이런 짓거리가 정상이라고 생각하다니, 이런 짓을 계속해도 된다고 생각하다니 다들 얼마나 끔찍한 세계에서 온 걸까. 걱정 말아라, 아이들아. 너희는 이제 컨펙션에 와 있다. 너희는 여기에서 안전하고 행복할 것이며, 저것이…" 그녀는 리니를 가리키며 말했다. "완전히 사라지고 나면, 너희는 영원히 여기에 살 수 있을 것이다."

여왕이 손가락을 딱 울리며 달콤하게 말했다.

"근위대, 저들이 있을 만한 좋은 곳을 찾아주거라. 내가 저들의 비명을 들을 필요가 없는 곳으로. 그리고 해골은 여기에 두거라. 내가 가지고 놀고 싶구나."

여왕은 옥좌에 등을 기대면서 적들이 끌려나가는 모습에 미소를 지었다. 이 얼마나 아름다운 날인지.

제 일 높은

탑

케이크 여왕의 성에서 '좋은 곳'이란 진저브레드로 된 벽에, 아마도 죄수들이 자는 데 쓰라는 듯 바닥에 젤리 곰이 쌓여 있는, 크고 텅 빈 방이었다. 네 사람에게 사슬을 채우려 한다거나 따로 떨어뜨려 놓으려는 기색은 없었다. 근위병들은 그저 네 사람을 질질 끌고 계단을 올라, 세상에서 제일 높은 탑의 꼭대기 같은 곳에 집어넣기만 했다. 하나뿐인 창문은 코라에겐 너무 높았고, 그 창문으로 밖을 보면 들쭉날쭉한 거대 아몬드 조각들이 박힌 초콜릿 바위 채석장만 있었다. 그렇다. 그들은 갇혔다. 문을 열 수 있다면 또 모를까, 아무 데도 가지 못할 탑이었다.

리니는 눈을 감고 벽에 축 늘어져 있었는데, 그녀를 한 조각씩 먹어치우고 있는 알 수 없는 무(無)에 의해 한쪽 어깨가 먹혀 사라진 상태였다. 놀랍게도 그런 리니조차도 최악은 아니었다. 그 달갑지 않은 영예는 문 옆에 몸을 둥글게 말고 걷잡을 수 없이 떨고 있는 크리스토퍼에게 돌아갔다.

"피리가 필요해." 케이드가 크리스토퍼의 이마에 손등을 대보더니 얼굴을 찌푸렸다. "얼어붙고 있어."

"그 피리가 정말 자기 뼈로 만든 거야?" 코라는 쪼그려 앉아서 그 둘을 보았다.

케이드는 암울하게 고개를 끄덕였다. "그것도 마리포사를 구하느라 한 일이야. 내가 문 너머 세계 기록을 업데이트하면서 들었어."

케이드는 학교의 재단사일 뿐 아니라 아마추어 역사가 겸 지도 제작자로서, 학교로 오게 된 모든 아이들의 사연을 기록했다. 그는 난센스와 로직, 버츄와 위키드, 그 외에 문 너머 세계들의 기본적인 방향 전체를 정의하는 나침반을 정확하게 그려내기 위해서라고 말했다. 코라는 아마 그 말이 옳으리라 생각했지만, 동시에 케이드가 그걸 변명 삼아서 사람들이 공유하는 차이점에 대해 이야기하기를 좋아한다고도 생각했다. 그 차이점은, 보기에 따라서는 모두가 공유하는 닮은 점이라고도 할 수 있었다. 모두가 뭔가로부터 살아남았다. 서로 다른 뭔가에서 살아남았다고 해도, 어떤 면에서 모두가 똑같다는 사실이 달라지지는 않았다.

"그 뼈를 다시 집어넣을 수 있어?"

크리스토퍼는 고개를 젓고 힘없이 중얼거렸다. "원하지도 않아. 안에 잘못된 게 있었어. 나쁜 뭔가가. 의사들은 종양이라고 했어. 하지만 해골 소녀가 피리를 불어 꺼내고 날 해방시켜 줬지. 모든 것이… 해골 소녀 덕분이야."

"하지만…."

"그래도 여전히 내 것이야." 크리스토퍼의 목소리에 맹렬한 기운이 돌아왔다가, 처음부터 존재하지 않았던 것처럼 순식간에 사라졌다.

케이드가 한숨을 내쉬더니, 크리스토퍼의 어깨를 두드리고 일어서서 창문 앞에 앉은 코라 옆으로 걸어갔다. 그는 목소리를 낮춰 웅얼거리듯이 말했다. "이런 일이 예전처럼 많이 일어나진 않지만, 아마 우주도 그게 재수 없는 짓인 걸 알았나 보지만… 전에도 본 적 있는 일이

긴 해. 문을 통과했다가 우리 세계에서도 작동하는 마법 물품이나 그 비슷한 걸 가지고 돌아오는 아이들의 경우지. 원래 우리 세계에는 마법이 별로 없어야 하거든."

"그래서?"

"그러니까 우리 세계에서 마법을 쓰고 싶다면, 어떻게든 자기 자신으로 대가를 치러야만 해. 대개 그 마법 물품은 피나 눈물이나 아무튼 몸에서 나온 뭔가로 그 사람에게 묶여 있어. 이 경우에는 그게 뼈고. 그 피리를 작동시키는 마법은 크리스토퍼야. 그걸 되찾지 못하면…."

코라가 겁에 질려서 입을 벌리고 케이드를 보았다. "죽을 거라는 소리야?"

"죽진 않을 수도 있어. 크리스토퍼는 지금까지 몇 분 이상 그 피리와 떨어져 있은 적이 없어. 그러니 그냥 많이 아픈 정도로 끝날지도 몰라. 아니면 암이 돌아올지도 모르고. 나도 거기까진 몰라." 케이드는 좌절한 얼굴이었다. "내가 새로 오는 학생을 다 인터뷰하고 그 내용을 전부 적어놓는 건, 문이 너무나 많고 같은 테마라도 자잘한 변형이 워낙 많은데, 우리가 모르기 때문이야. 피리를 되찾지 못하면 크리스토퍼가 죽을 수도 있어. 처음 있는 일도 아닐 거야."

그런 이들의 이야기도 적혀 있었다. 케이드 이전에 엘리노어가 적기도 했고, 여행과 그 결과를 다루고 문 너머 공간을 다루는 아주 소수의 학자들이 적기도 했다. 그들은 마법 구두나 황금 공과 떨어지자 말라 죽어 버린 소녀들, 부모님이 몸을 식혀 주는 은총을 치워 버리자 밤중에 산 채로 타 죽어 버린 소년들, 정원 바닥에서 불치병이 치료된 상태로 발견되었는데 10년 후에 형제나 자식이 절대 건드리지 말라고 했던 작은 수정 조각상을 깨뜨리는 바람에 질병이 무서운 속도로 돌아와서 죽은 이들에 대해 적어 놓았다.

여행은 사람들을 변화시켰다. 그 변화가 눈에 늘 보이는 것은 아니었다. 위는 언제나 위고, 아래는 언제나 아래이며, 해골들은 일어나서 춤을 추는 대신 땅속에 남아 있는 이 세계의 논리 법칙에 늘 따른 것도 아니었다. 그래도 변화 자체가 사라지지는 않았다. 원하든 않든, 변화는 존재했다.

온몸의 털이 파란색과 녹색으로 자라는 코라는 불편한 마음으로 어깨 너머를 돌아보았다. 크리스토퍼는 젤리곰 더미에 몸을 웅크린 채 덜덜 떨고 있었다.

"우리가 그 피리를 되찾아야 해." 그녀는 말했다.

"어떻게 그러자는 건데?" 리니가 물었다. 그 목소리는 활기 없고 밋밋했으며, 반짝임도 통통 튀는 느낌도 없었다. 포기한 것이다. 축 늘어져서 기진맥진한 남은 몸 구석구석에서 체념을 볼 수 있었다. "케이크 여왕에겐 군대가 있어. 우리에겐… 아무것도 없고. 우리에겐 아무것도 없는데, 여왕에겐 우리가 있고, 내 어머니도 있어. 다 끝이야. 우린 졌어. 나는 태어나지 않은 상태가 될 거고, 그러면 더는 아무 걱정도 할 필요가 없겠지. 너희는 도망칠 수 있었으면 좋겠다. 도망친다면 옥수수사탕 밭으로 가. 거기 농부들이 여왕한테서 숨을 수 있게 도와줄 거야. 여왕은 농부들을 싫어하고 농부들도 여왕을 싫어하지만, 옥수수사탕은 다른 작물들과 달라서 타질 않거든. 여왕도 최대한 그들은 내버려 두는 편이니까, 너희도 괜찮을 거야."

리니가 한참 동안 말이 없자 코라는 이야기가 끝났다고 생각했다. 그런데 다음 순간에 리니가 쉰 목소리로 말했다. "미안해. 내가 너희를 여기로 데려오지 말았어야 했어. 이건 다 내 잘못이야."

"이건 네 어머니를 죽인 사람 잘못이고, '랄랄라 나 좀
봐, 난 마법 캔디 세계의 독재자가 될 수 있어, 멋지지 않
니?'에 심취한 그 멍청한 케이크 여왕 잘못이야." 코라는
좌절감에 벽을 걷어찼다. 진저브레드가 움푹 파였지만,
나갈 만한 구멍이 생기지는 않았다. 설령 구멍이 생겼다
해도 자유를 얻으려면 오래오래 추락해야만 할 것이다.
"우리가 여기 오겠다고 한 건 돕고 싶어서였어. 그러니
우린 도울 거야."

"어떻게?" 리니가 물었다. "지금까지 유일하게 쓸모 있
었던 크리스토퍼도 일어서기 힘들 만큼 아픈데."

코라는 반박하려고 입을 열었다가 멈칫하더니, 딱 소
리 나게 입을 닫고 케이드를 돌아보았다. "너. 넌 재단사
고 기록을 적지. 그런데 문을 통과했을 때는 뭘 했어? 문
너머에선 뭐였어?"

케이드는 머뭇거리다가, 한숨을 내쉬고 창밖을 보며
말했다. "모든 세계엔 나름의 기준이 있어. 몇 개는… 다
른 세계보다… 까다롭고. 프리즘은 페어리랜드로 간주
돼. 정확히는 고블린 마켓인데, 그건 그들이 문이 생성되

는 곳을 통제할 수 있다는 뜻이야. 모든 세계가 방문할 아이들을 고르지만, 프리즘은 확실히 선별해. 프리즘은 그 아이들을 지켜보다가 쓸어 넣는데, 그곳은 대체로 데 려간 아이들을 간직하거든. 프리즘에 대해 우리가 아는 것도 주로 그 세계가 남긴 구멍 때문이었어. 내가 그곳 에 갔다가 쫓겨나기 전까지는 그랬지."

코라는 아무 말도 하지 않았다. 말을 했다간 분위기가 깨지고, 케이드가 이 이야기를 듣는 상대가 있다는 사실 을 생각해 낼 터였다. 그러면 이야기를 멈출지도 몰랐다. 코라는 계속 듣고 싶었다.

"프리즘에서는 몇천 년 동안 '요정 궁정'과 '고블린 제 국'이 전쟁 중이었어. 요정들이 이길 수 있었던 순간이 수백 번은 있었고, 고블린들도 마찬가지였어. 그들이 그 러지 않는 건, 이젠 양쪽 다 전쟁밖에 모르기 때문이야. 싸움에 깊이 관련된 의례와 의식과 전통이 너무 많아서, 전쟁을 빼앗아 버린다면 어찌할 바를 모르게 될 거야. 물론 난 그걸 몰랐어. 나는 그저 모험을 하게 될 줄만 알 았지. 내가 영웅이자 구원자가 되고, 의미 있는 변화를 일으킬 줄 알았어."

케이드의 얼굴이 어두워졌다. "요정 궁정은 언제나 어린 여자애들을 데려갔어. 찾을 수 있는 제일 예쁘장한 어린 여자애들, 머리에는 리본을 달고 드레스에는 레이스가 들어간 애들로. 우리가 고블린 군대와 이루는 대조를 좋아했거든."

코라는 '우리'라는 말에 살짝 움찔했다. "무슨–"

"아, 그러지 마." 케이드는 반쯤 재미있어하는 표정으로 곁눈질했다. "나디아와 제일 친했다면서. 걔가 너한테 말해 주지 않았을 리가 없어."

"난… 그렇지만, 맞지만… 나는…" 코라는 말을 멈췄다. "나에겐 이걸 표현할 어휘가 없어."

"필요해지기 전까지는 대부분 사람이 그래. 그러다가 모든 게 한꺼번에 필요해지지." 케이드가 말했다. "내 부모님은 내가 여자애라고 생각했어. 프리즘에서 다음에 쓰고 버릴 구원자를 고르는 일을 맡은 존재들도 내가 여자애라고 생각했어. 젠장, 나도 내가 여자애라고 생각했어. 그때까지는 멈춰 서서 왜 내가 여자애가 아닌지 생각할 시간이 없었으니까. 성별을 바꾸자마자 날 버릴 세계를 구하려고 몇 년을 공들이고 나서야 알게 됐지."

"하지만 넌 그 세계를 구했잖아." 코라가 말했다.

케이드는 고개를 끄덕였다. "그랬지. 고블린 왕은 내 손에 죽으면서 날 자기 후계자로 삼았어. 왕은 나를 '다음 고블린 왕자'라고 불렀고, 그 순간에야 난 내가 오랫동안 날 *제대로 봐 줄* 누군가를 기다렸다는 걸 깨달았어. 내가 원하지 않았지만 거부하지도 못한 컬과 반짝이와 장식들을 꿰뚫어 보고 내가 누구인지 정말로 이해할 사람을 기다렸다는걸."

"그러니까 넌 검을 쓸 줄 아는구나." 코라가 말했다.

"그래." 케이드는 멈칫하고 경계하는 눈으로 그녀를 보았다. "왜?"

코라는 미소지었다.

1단계는 문에서도 잘 보이게 크리스토퍼를 방 한가운데로 옮기는 것이었다. 2단계는 뭔가 무거운 물건을 구하는 것이었다. 결국 코라는 손가락에 침을 발라서 벽을 이루는 구운 벽돌 사이의 단단한 프로스팅을 문지르고 또 문지른 다음, 약해진 부분을 때려서 벽돌 하나를 바깥으로 쳐냈다. 그다음에 벽돌을 하나 더 뽑아내기는 쉬웠다. 울퉁불퉁한 단면까지 그대로였다.

이제 그녀는 문으로 달려가서 주먹질을 하며 외쳤다. "이봐요! 이봐! 우리에겐 크리스토퍼의 피리가 필요해요! 이봐요! 도움이 필요하다고요!"

코라는 손이 아프고 목이 따가울 때까지 문을 두드리며 고함을 쳤다. 문이 딱딱하게 굳은 쇼트브레드일지는 몰라도, '딱딱'하기는 했다. 과자인데도 손이 다칠 정도였다. 그래도 코라는 계속했다. 계속해야만 계획대로 될 테니까.

결국에는 코라의 희망대로 바깥 계단을 오르는 발소리가 메아리치더니, 누군가가 외쳤다. "너! 그만해! 조용히 해라!"

코라는 그녀더러 멍청한 짓을 한다고 말하는 사람들을 무시하는 데 능숙했다. 그녀는 계속 문을 두드리며 소리를 질렀다.

문이 경고도 없이 쾅 열리면서 코라의 코를 때렸고, 그녀는 1미터쯤 방 안쪽에 팽개쳐졌다. 괜찮았다. 아프긴 했지만 약간의 고통쯤은 예상했고, 그녀는 운동선수였다. 수영장 가장자리에 코를 찧는다거나, 무릎이 까지고 손가락이 긁히는 정도는 익숙했다. 그녀는 지나치게 겁먹지는 않으면서 주눅 든 것처럼 보이려고 노력하며 비틀비틀 일어섰다.

"우리에겐 크리스토퍼의 피리가 필요해요." 그녀는 징징거렸다. "죽어 가고 있다고요. 봐요." 그녀는 크리스토퍼를 가리켰고, 그는 이 작은 연극에서 맡은 역할을 고통스러울 정도로 쉽게 수행하고 있었다. 그저 누워서 끔찍한 꼴만 보이면 됐는데, 두 가지 다 요청할 필요도 없었다.

문 앞에 선 근위병이 언짢은 듯 얼굴을 찌푸리더니, 문지방을 넘어서 방 안에 한 걸음을 딛었다. 코라는 잽싸게 그의 옆구리를 들이받아 문가에서 멀찍이 떨어뜨렸다. 열린 문에 가려지는 안쪽에 숨어 있던 케이드가 나서서 먹을 수 있는 벽돌로 힘껏 근위병의 뒤통수를 후려쳤다. 근위병은 컥 소리를 내며 엎어졌다.

벽에 축 늘어져 있던 리니가 갑자기 벌떡 일어서서 쓰러진 근위병의 목을 걷어찼다. 근위병은 다시 컥컥 소리를 냈고, 두 손을 들어 올려 방어하지도 못했다.

"너희는 가야 해." 리니는 그 남자의 움직임 없는 모습

을 보며 말했다. "너희가 가는 사이에 이놈은 내가 감시
할 수 있어."

"'감시한다'는 말은…."

리니가 고개를 들자, 옥수수사탕 같은 홍채가 전보다
더 밝게 빛났고 학교에서 보았을 때보다 더 불가능해 보
였다. "이놈은 여기 있고 싶어 하지 않아. 이 세계는 케
이크 여왕이 언제나 있었고, 내 가족은 존재하지 않았던
걸로 재정립되고 있어. 하지만 원래 케이크 여왕은 없었
어야 하니까, 이놈도 원래는 여기가 아니라 다른 곳에
있어야 해. 내가 이놈을 묶은 다음에, 어디 있었어야 하
는지 알고 있나 알아내 볼게. 하지만 우선 갑옷부터 벗
겨야겠다."

케이드가 머뭇머뭇 고개를 끄덕이더니 남자의 갑옷을
벗겨 냈다. 단단한 초콜릿에 금박지를 씌운 갑옷으로, 근
위병의 체열에 녹았어야 당연하건만 여전히 멀쩡하고
단단했다. 코라는 코를 찡그렸다. 가끔 마법을 남용한다
싶은 일이 있는데, 이것도 그런 경우였다.

크리스토퍼는 이 소란 중에도 꼼짝하지 않았다. 코라
는 몸을 돌려 그 옆에 무릎을 꿇고 목의 맥박을 확인했

다. 뛰고 있었다. 아직 죽지는 않았다. 죽을지도 모르지만, 아직은 아니었다.

"우리가 네 피리를 찾아올게." 그녀는 부드럽게 말했다. "괜찮을 거야. 알겠지. 버티기만 해. 이건 죽는 방법 치곤 멍청하잖아."

크리스토퍼는 아무 말도 하지 않았다.

코라가 일어섰을 때 케이드는 근위병의 금박 갑옷을 입고, 근위병의 검을 살펴보고 있었다.

"나에게 익숙한 검과는 무게가 다르네. 초콜릿 입힌 토피 같아. 하지만 날은 서 있으니까, 쓸 수 있을 거야."

"좋아." 코라가 말했다. "그러면 해결하러 가자."

케이크 여왕과

춤을

케이드는 코라를 데리고 알현실로 걸어 들어갔다. 한 손은 코라의 어깨를 아플 정도로 세게 쥐었고, 훔친 검은 검집에 넣어 허리에 매단 채였다. 턱에 손을 괴고 옥좌에 앉아 있던 케이크 여왕이 허리를 약간 세웠는데, 그들이 멋대로 들어가서 짜증이 남과 동시에 짜증 낼 거리가 있다는 사실에 안도하는 것 같았다.

"여기서 뭘 하는 것이냐?" 여왕이 물었다. "난 어떤 죄수도 데려오라 한 적 없다."

스미는 감초 밧줄에 목뼈가 묶인 채 옥좌 발치에 매여 있었다. 그 모습을 보자 코라의 의지가 단단해졌다. 이 일은 실패할 수 없었다. 그들이 실패하면, 이것이 컨펙션의 현실이 될 것이다. 망자를 고문하는 일이 정당하고 적절하다고 생각하는 여자가.

"제가 데려다 달라고 했어요." 케이드가 말을 해야 하는 상황이 오기 전에 코라가 잽싸게 말했다. "제가… 제가 여왕님과 이야기하고 싶어서요." 거북이 연못에 알몸으로 서 있던 리니, 나디아에게 당당하게 내 질은 훌륭하다고 말하던 리니를 생각하자 코라의 뺨이 확 달아올랐다. 써먹을 마음만 있다면, 쉽게 창피해하는 성격도 무기로 쓸 수 있었다. "어쩌면 여왕님께서… 어쩌면 우리에게 공통점이 있는지도 모른단 생각이 들어서요."

케이크 여왕이 눈으로 코라의 몸 한쪽을 훑어 올라갔다가, 반대쪽을 훑어 내렸다. 그런 검열의 눈길을 많이 견뎌 본 코라는 의지를 발휘하여 주춤거리지 않고 완벽하게 멈춰 섰다. 그녀는 여왕이 무엇을 보는지 알았다. 이중턱, 튀어나온 허리선, 꼭 끼는 청바지를 매일 조금씩 마모시키는 허벅지. 동시에 그녀는 여왕이 무엇을 보지 않는지도 알았다. 여왕은 코라에게서 운동선수나 학생이나 친구나 트렌치스의 영웅을 보지 않았다. 그 눈에는 뚱뚱하고 뚱뚱한 지방덩어리 뚱보만 보일 텐데, 그렇게 보려고 하면 그렇게만 보이기 때문이었다. 그것만 찾으려 들면 그것만 보이기 마련이다.

케이크 여왕은 누그러든 얼굴로 한숨을 내쉬었다. "저런, 불쌍한 아이 같으니. 여기가 네게 얼마나 잔인해 보일까. 이렇게 엄청난 유혹이라니… 그래서 네가 컨펙션에 이끌렸는지도 모르겠다만? 혹시 산 위에 올라가서 죽을 때까지 먹은 후에 아무도 찾지 못할 곳에 시체를 남기고 싶으냐?"

"아뇨." 코라는 말했다. "전 컨펙션에 이끌려 오지 않았어요. 리니가 어머니를 되찾게 도우려고 왔죠. 전 스미가 여기에 무슨 짓을 했는지 몰랐어요. 우리가 틀렸어요."

케이크 여왕이 눈을 가늘게 떴다. "계속하거라."

"여긴 스미의 세계가 아니었고, 그러니까 사실은 리니의 세계도 아니죠. 그 둘도… 뭐라고 해야 하나. 이런 세계를 책임지기엔 너무 비논리적이에요. 이런 곳에는 엄한 손길이 필요해요. 의지와 규율을 이해하는 사람이요." 코라는 여왕을 지나치게 치켜세우지 않도록 조심해야 했다. 너무 과하게 하면 의심을 살 테고, 의심을 사면 모든 것을 망칠 터였다.

케이크 여왕은 미소지으며 고개를 끄덕이려 했다. "그래, 바로 그렇다. 내가 문을 찾아냈을 때 여기는 엉망진창이었어."

"그랬을 것 같아요." 코라는 여왕에게 이런 대화는 이미 시도해 보지 않았냐고 말하고 싶은 충동을 억누르며 거짓말을 계속했다. 사람들이 자기가 더 잘 안다고 생각하고 싶어 할 때는 대개 그 상태로 두는 게 최선이었다. "여왕님이 딱 맞는 분 같아요. 이 세계는 분명히 여왕님을 간절히 필요로 했겠죠."

"그랬지." 여왕은 옥좌에 등을 기댔다. 드레스 한 조각이 떨어져서 바닥을 굴렀다. "이 세계는 쿠키를 구우라고 날 불렀어. 쿠키라니! 누가 세상에 쿠키를 더 쌓고 싶어 한대? 아무도 그런 역겨운 사치를 필요로 하지 않아. 이 세계는 앞서 왔던 다른 사람들처럼 나도 뚱뚱하고 게으르고 볼썽사나운 존재가 되길 원했어. 내가 원한 계획이 더 크고 더 좋았고, 내가 이겼지. 안 그래? 내가 이겼어. 그래서 넌 뭘 원하는 거냐, 어린 변절자야?"

"전 배우고 싶어요…." 코라는 케이크 속에 파묻힌 여왕의 날씬한 허리를 보고, 지금부터 하려는 위선적인 말에 솟아오르는 쓴물을 꿀꺽 삼켰다. '크리스토퍼를 위해서야.' 그녀는 그렇게 생각하고 말했다. "여왕님처럼 되고 싶어요."

"더 가까이 데려오거라." 여왕이 말했다. "저 아이의 눈을 보고 싶다."

케이드가 공손히 코라를 앞세워 방을 가로질렀다. 옥좌 양옆에 한 명씩, 근위병이 두 명 있었지만 둘 다 일이 틀어졌을 때 끼어들 정도로 가깝지는 않았다. 잘된 일이었다. 둘 다 검뿐만이 아니라 창까지 들고 있었는데, 그건 좋지 않았다. 코라는 숨을 깊이 들이마시고 케이크 여왕만 바라보며, 이 모든 일이 얼마나 필요한지에만 집중하려 했다.

충분히 가까워지자 여왕이 몸을 앞으로 내밀더니, 깡마른 손가락으로 코라의 턱을 붙잡고 이쪽, 저쪽으로 기울였다.

"넌 예뻐질 수도 있겠구나. 식욕을 통제하는 방법만 배운다면, 스스로를 가꾸는 게 얼마나 중요한지 이해한다면 예뻐질 수 있어. 너 같은 머리카락은 본 적이 없다. 그래, 넌 빼어난 미인이 될 수 있어. 여기 남는 게 도움이 될 거다. 네가 절대로 가질 수 없는 것들로 주위를 에워싸는 거야말로 강해지는 최고의 방법이지. 매일 거부하다 보면 고통을 감수하는 이유를 계속 떠올리게 되거든.”

코라는 아무 말도 하지 않았다. 그녀의 몸집이 식단 때문이라고 생각하는 사람들이라면 익숙했다. 사실은 신진대사와 유전자 때문이 크고, 둘 다 그녀가 통제할 수 없는 것인데 말이다.

여왕은 미소지었다. “그래.” 여왕은 코라의 턱을 놓고 다시 옥좌에 등을 기댔다. “널 받아 줘도 되겠다.”

“감사드립니다.” 코라는 온순하게 말하고는, 한 걸음 물러서면서 케이드 뒤에 섰다. “정말이지 여왕님 같은 군주는 본받아 마땅해요 – 그리고 타도해야죠. 지금!”

케이드는 영웅이자 전사로 훈련받았고, 뛰어난 오른팔 덕분에 ‘다음 고블린 왕자’ 칭호를 거머쥐기도 했었다. 코라가 말을 끝내기도 전에 검집에서 튀어나온 검이 여왕의 목을 겨누고, 검 끝에는 피부가 살짝 파일 정도로만 힘이 들어갔다.

“움직이지 마시지.” 케이드는 안전한 투구라는 방패 뒤에서 느릿하게 말했다. “우리 친구에게서 빼앗은 피리를 넘겨주겠어? 친구가 피리를 몹시 그리워하고 있거든.

코라?"

"여기요." 코라는 손을 내밀고 앞으로 나섰다. 케이크 여왕은 험상궂은 얼굴로 노려보다가 뚱하니 드레스 안에 손을 넣더니, 프로스팅이 덕지덕지 묻은 피리를 코라의 손바닥에 거세게 내려놓았다. 코라는 여왕이 뭔가 더 하기 전에 경쾌하게 몸을 물렸다.

"너희는 이 대가를 치를 것이다." 여왕은 거의 평범한 대화를 하는 듯한 투로 말했다. "너희의 뼈는 진저브레드에 넣고, 너희의 살은 설탕에 절여서 내 저녁 식사에 올릴 거야."

"그럴 수도 있고, 아닐 수도 있겠지." 케이드가 말했다. "당신 근위병 둘 다 구하러 올 생각이 없어 보이는데 과연 어떤 궁정인지 많은 걸 알 수 있는 대목이야." 실제로 근위병들은 선 자리에 얼어붙은 채, 어떻게 해야 할지 결정을 내리지 못하는 모습이었다.

코라는 케이드를 여왕 옆에 두고 묶여 있는 스미에게 걸어갔다. 스미가 코라를 향해 고개를 돌리고 반짝이는 뼈 위에 덧씌워진 유령 눈으로 쳐다보자, 코라는 몸서리를 억눌러야 했다. 이런 건 각오가 되어 있지 않았다.

"잠시만 참아." 그녀는 스미에게 말하고 계속 걸어가서 첫 번째 근위병 앞에 멈춰 섰다. "당신은 왜 여왕을 지키려고 하지 않죠?"

"나도 모르겠어요." 근위병은 말했다. "나는… 이건 하나도 맞다는 느낌이 안 들어요. 하나도 진짜 같지 않아요. 내가 여기에 있어야 하는 것 같지도 않고."

아마 정말로 그래서일 것이다. 그는 자기 옥수수사탕 농장을 돌보거나, 딸기 바다에서 불가사의한 물고기를 잡을 운명이었을 것이다. 스미만이 아니라 케이크 여왕도 죽은 여자였지만, 스미와 달리 그녀는 몸이 있고 말을 하며 아직도 세상을 돌아다니고 있었다. 그러니 왜곡이 일어날 수밖에 없으리라. 여왕에게 성이 있으려면 신하들, 근위병들, 착취할 사람들이 필요했다.

"여기엔 죽은 사람이 너무 많아요." 코라는 중얼거렸다. 그리고 더 큰 소리로 말했다. "그렇다면 떠나세요. 여왕을 지킬 마음이 없다면, 우리의 적이 될 필요도 없으니 가도 돼요. 우리가 세상을 고치게 놓아두고 당신은 떠나요."

"하지만 여왕이…."

"썩 나가지 않으면 여왕이 아니라 나한테 혼날걸요." 코라는 이를 드러내어 미소일 수도 있고 위협일 수도 있는 표정을 지었다. "내 말 믿어요. 여왕은 벌을 내릴 수 없게 될 거예요."

근위병은 미심쩍은 눈으로 그녀를 보더니 창을 떨어뜨리고, 몸을 돌려 문으로 달려갔다. 그가 거의 문에 다다랐을 때 다른 근위병도 따라나섰고, 알현실에는 네 명만 남았다. 둘은 확실히 살아 있고, 둘은 반 이상 죽은 사람들이었다.

코라는 몸을 돌려, 끝없는 인내심을 보이며 여전히 기다리고 있던 스미에게 다시 걸어갔다. 꼬인 감초 밧줄을 손가락으로 짓이기고 손톱으로 뜯어냈다. 밧줄이 완전히 뜯어져서 두 동강이 나고, 스미는 자유로워졌다.

스미는 자유로워졌다는 사실을 깨닫지 못하는 것 같았다. 여전히 뼈에 유령이 덧씌워진 모습 그대로 그 자리에 서서 앞만 바라볼 뿐, 주위에서 일어나는 일은 사실 그녀에게 아무래도 상관이 없으며 상관이 있을 수도 없다는 듯한 모습이었다. 코라는 코를 찡그렸다가 스미의 손을 잡았다. 해골의 맨손뼈를 단단히 붙잡고, 부드럽게 케이드가 여왕을 붙들고 있는 곳으로 돌아갔다.

"저 배신자들은 뜨거운 맛을 보게 될 것이다." 케이크 여왕이 으르렁거렸다.

케이드는 고개를 옆으로 기울였다. "수수께끼 같은 말이네. 저 사람들을 불태우겠다는 거야, 아니면 당신 쿠키 공장에서 적당한 시간 동안 일하라는 선고를 내리겠다는 거야? 사실 어느 쪽이든 중요하진 않아. 당신은 한동안 어떤 명령도 내리지 못할 테니까." 그는 몸을 기울여 여왕의 팔을 잡았다. "같이 가시지."

여왕은 처음으로 겁먹은 표정을 보였다. "어디로 — 나를 어디로 끌고 가느냐?"

"당신이 있어야 할 곳." 케이드는 여왕을 끌고 알현실 문으로 걸어갔다. 걸음마다 여왕의 드레스가 덩어리로 떨어졌으며, 코라가 그 뒤를 따랐고, 스미는 말없이 그 옆을 걸으며 뼈로 된 발로 바닥을 두드렸다.

그들이 탑 꼭대기 방에 도착했을 때, 크리스토퍼는 아직 숨을 쉬고 있었다. 그리고 리니는 포로로 잡았던 근위병을 누에고치 수준으로 꽁꽁 묶어서 안쪽 구석에 기대어 놓았는데, 그는 리니가 잘라 내어 입에 쑤셔 넣은 젤리곰 다리를 물고 끙끙거리는 소리를 내고 있었다. 문이 열리자 리니가 고개를 들더니, 안도감에 눈을 크게 떴다. 정확히는 한쪽 눈만이었다. 왼쪽 눈은 사라졌는데, 두개골이나 뒤쪽 벽이 비쳐 보이지 않고 빈 자리를 무(無)가 채웠다. 그 눈은 그냥 없어졌다. 실체가 있는 없음이었다.

"너희…." 리니는 코라 뒤에서 스미가 들어서자 말을 멈췄다. "엄마."

"스미는 여전히 죽었어." 케이크 여왕이 케이드가 손목에 감아 놓은 태피 밧줄을 풀어내려 애쓰며 내뱉었다. "너희가 무슨 짓을 해도 그 사실은 바뀌지 않아."

"그건 모르겠네." 케이드가 말했다. "스미가 처음 살해당했을 때는 당신이 멀쩡하게 돌아왔잖아. 여기선 인과관계가 그렇게 엄하게 돌아가는 것 같지 않아."

그가 케이크 여왕을 밀자, 여왕은 비틀거리다가 프로스팅과 빵 부스러기가 덮인 젤리 더미에 쓰러졌다.

"잘 묶어." 그는 혹시라도 여왕이 탈출하려고 시도하면 막으려고 훔친 검을 들어 올리며 리니에게 말했다.

코라는 케이드 옆을 돌아서 크리스토퍼에게 향했다. 그는 너무나 작고 연약해 보였다. 얼굴과 손에서 핏기가 다 빠져나간 듯, 원래는 갈색인 피부가 놀라울 정도로 창백했다. 마치 긁어낸 양피지를 유청(우유에서 단백질과 지방 성분을 빼고 남은 액체 – 옮긴이 주)에 담근 듯한 빛깔이었다. 코라는 그를 떠밀지 않도록 조심스럽게 무릎을 꿇고, 죽은 불가사리처럼 놓여 있던 그의 손을 바닥에서 들어 올렸다.

　"이건 네 것이지." 그녀는 그렇게 말하며 그 손에 뼈 피리를 쥐어 주었다.

　크리스토퍼가 눈을 뜨더니, 몇 시간만에 처음으로 제대로 숨을 쉬는 사람처럼 날카롭게 숨을 들이켰다. 피부에도 빛깔이 돌아왔다. 한꺼번에 회복되지는 않았지만, 손에서부터 색이 흘러넘쳐서 팔을 타고 올라가다가 소매 속으로 사라졌다. 그리곤 다시 나타나서는 목을 타고 올라가서 얼굴에 번졌다. 그는 일어나 앉았다.

　"씹할 나놈." 크리스토퍼가 말했다.

　"뭐야, 여기서? 지금? 케이드 앞에서?" 코라는 그 표현을 웃어넘기려고 최선을 다했다. "난 그런 여자 아니거든."

크리스토퍼는 순간 깜짝 놀란 표정이었다. 그러더니 그는 웃음을 터뜨리며 일어서서 그녀에게 왼손을 내밀었다. 아마 한동안은 오른손으로 다른 일은 아무것도 하지 않으리라. 오른손 손가락은 뼈 피리를 하도 꽉 쥐어서 다시 핏기를 잃을 지경이었다. 이번에는 아파서가 아니라, 압력 때문에.

"고마워." 그는 진심을 다해서 말했다. "난 오래 가지 못했을 거야."

"별것도 아닌데 뭘." 코라가 말했다.

"크리스? 너 괜찮아?" 케이드가 외쳤다. 그는 여왕의 목에 댄 검 끝에 살짝 힘을 줘서 피부를 눌렀다. "네가 한마디만 하면 이 여자는 끝이야."

여왕은 아무 말도 하지 않았고, 리니가 몸에 태피와 젤리곰 밧줄을 둘둘 감는 동안 겁에 질려 꼼짝도 하지 않았다. 갑자기 이 모든 일이 정말로, 몹시도 진짜가 되었다는 듯한 얼굴이었다. 마치 이전까지는 모든 게 게임이었다는 듯이.

그리고 어쩌면 한때는 그랬는지도 몰랐다. 아마 그녀

는 우연히 문을 넘어와서 초콜릿과 통밀 흙에서 옥수수 사탕을 키우는 사람들이 가득한 세계를 보고는, 진짜 사람들이 아니라고 생각했을 것이다. 정말로 신경 쓸 사람은 아무도 없다고. 그녀가 제빵사가 아니라 폭군이 된 것도 아마 행동에 응보가 따르리라 믿지 않아서였을 것이다. 또 한 명의 여행자가 찾아왔고, 제빵사가 아니라 전사였을 때까지는 그랬을 것이다. 컨펙션은 제빵사를 더 필요로 하지 않았다. 마지막에 불러들인 제빵사가 옥좌에 앉아서 공물을 요구하고 있었으니까. 그래서 그녀는 스미의 손에 죽었지만… 그것조차도 뒤집혔다. 스미가 돌아와서 제대로 된 혁명을 일으키기 전에 죽자 세계는 응당한 결과를 잊어버렸다.

죽었다가 다시 살아나고 나서도, 지금 이 순간이 오기 전까지 케이크 여왕은 자신이 정말로 죽을 수 있다고 믿지 않았던 것이다.

"악당보다 나은 사람이 되자거나 뭐 그런 소릴 할 수도 있겠지만, 솔직히 잘 모르겠다." 크리스토퍼는 몸을 폈다가, 앞으로 휘청거리면서 신음했다. "한 150킬로미터쯤 트럭 뒤에 끌려다닌 기분이야. 최악이다. 여긴 다시는 오지 말자."

"찬성." 코라가 말했다.

크리스토퍼는 케이드와 케이크 여왕을 쳐다보았고, 어지러움이 서서히 가라앉자 한 발자국을 내딛었다.

"나에겐 여기로 오는 문이 주어진 적이 없어. 난 제빵사가 아니고, 여길 좋아하지도 않았을 거야. 나에겐 너무 달아. 빛은 너무 밝고, 지하실은 부족해. 난 설탕은 두개골 모양인 게 좋고, 조명은 앙상한 나뭇가지에 달린 랜턴 불빛 정도가 좋아. 여긴 내 세계가 아니야. 하지만 내가 갔던 세계, 나의 세계가 삶과 죽음에 대한 내 생각을 뒤죽박죽으로 만들어 놓아서 말이지. 삶과 죽음의 경계선은 산 사람들이 이해하는 척 하는 것처럼 언제나 깔끔한 게 아니거든. 그 선은 흐릿해. 그래서, 당신? 난 당신이 죽기를 바라지 않아. 당신을 두 번 다시 보고 싶지 않으니까."

그는 덜덜 떠는 케이크 여왕에게서 눈을 돌려 케이드를 보았다. "이 망할 곳에서 나가자." 그는 그렇게 말하고 몸을 돌려 방 밖으로 걸어 나갔다.

나머지 아이들은 케이크 여왕과 포로 근위병을 묶어

서 재갈을 물린 채로 내버려 두고는 그 뒤를 따라나섰다. 그들이 발견되거나 잊히거나는 운명의 변덕에 맡겼다. 여왕이 포로들에게 밥을 먹이라고 명령해 두었다면 구출받을 수도 있으리라.

아닐 수도 있고. 결과가 어떻게 되든, 그들에게는 이제 중요하지 않았다. 그들은 나아가고 있었다.

옥수수 사탕

농 장

"한동안 죽어 있다 보면 직원 채용을 정말 엉망으로 하게 되나 봐." 코라는 성의 주방 문을 통과해서 드넓은 초록색 프로스팅 풀밭으로 나가며 말했다. 일하는 농부는 하나도 없었지만, 풀밭을 물어뜯는 몽실몽실한 설탕 공예 양은 몇 마리 있었다. "난 우리가 적어도 두 번은 걸릴 줄 알았어."

"나한텐 한 번으로도 충분해." 케이드가 단호하게 말했다. 훔친 갑옷은 벗었지만, 훔친 칼은 계속 든 채였다. 단단한 사탕 칼날에 묻은 피가 그 한 번의 짧은 만남과 거센 칼질을 기념하고 있었다.

코라는 고개를 돌려 외면했다. 누군가가 그렇게 죽는 모습을 보기는 처음이었다. 물에 빠져 죽는 모습이라면야 보았다. 익사라면 잘 알고 있었다. 두 손으로 직접 끌어들여 죽인 선원도 몇 명이나 있었다. 싸움을 끝낼 다른 방법이 없고, 파도와 속삭이는 물거품만이 유일한 답일 때는… 그녀는 익사시키는 데 뛰어났다. 그러나 이건….

이건 물리적인 타격이었다. 살이 오렌지 껍질처럼 갈라지고 피가 뿜어져 나오고, 뜨겁고 시뻘건 피가 사방에 튀고, 근본적으로 캔디 색깔 원더랜드와 너무 안 어울리는 동물적인 죽음이었다. 이런 세계에서 사는 사람들이라면 당밀이나 설탕 시럽을 흘려야지, 이렇게 생생하고 엽기적인 데다가 *끈적끈적하기까지* 한 뜨겁고 빨간 동물의 피가 흐르면 안 되는 것 아닌가. 코라는 그 피에 물든 선반 모서리만 스쳤을 뿐이건만, 아직도 다시는 깨끗해지지 못할 것 같은 기분이었다.

"여기에서 너희 농장까지는 얼마나 걸려?" 크리스토퍼가 리니를 보며 물었다. 그는 이제 양손으로 피리를 쥐고, 손가락으로 소리 없는 아르페지오를 연습하고 있었다. 코라는 그가 다시는 피리를 놓지 않을 거라는 의심마저 들었다.

"멀지 않아." 리니가 말했다. "보통은 성의 폐허까지 한 나절이 걸렸어. 그래서 엄마가 석양빛에 물든 폐허가 어떤지 보여 준 다음에, 달가오리가 우리를 쫓아내기 전까지 유령 이야기들을 해 줄 수 있었어. 하지만 밭 가장자리까지 돌아가는 데에는 한두 시간 이상 걸린 적이 없어. 집에 가는 길에는 강도라도 습격하지 않는 한 재미있는 일이 별로 없고, 강도는 거의 안 나타나거든."

"난센스 세계들은 가끔 좀 불안하단 말이지." 크리스토퍼가 말했다.

리니가 활짝 웃었다. "고마워."

스미의 무지개빛 해골은 여전히 충실히 따라오고 있었는데, 속도를 빨리 하지도 늦추지도 않았다. 구멍에 발이 빠지거나 툭 튀어나온 나무뿌리에 걸릴 때조차도, 완전히 넘어지지는 않고 비틀거리다가 균형을 되찾고는 일행을 따라갈 뿐이었다. 스미가 여기가 어디인지, 여기에서 자신이 뭘 하고 있는지 이해하는지는 분명하지 않았다. 크리스토퍼조차도 그런 질문을 던질 어휘는 부족했다.

"아직 모르겠어?" 코라는 리니를 불안하게 흘끗거리며 물었다. "스미를 어떻게 할지? 어떻게든 하긴 해야지."

"난 엄마를 되살릴 방법을 찾을 거야. 그래야 나도 태어나고 케이크 여왕은 타도당하고 모든 게 원래 가야 할 길로 갈 수 있지." 리니는 흔들림 없이 말했다. "난 존재하는 쪽이 좋아. 멍청한 인과관계 때문에 존재하지 않게 되긴 싫어. 멍청한 인과관계는 내 생일 파티에 초대도 안 했고, 나한테 선물도 안 줬단 말이야."

"인과관계가 그런 식으로 작동하는지는 모르겠지만, 그래." 케이드가 조심스럽게 말했다. "일단 가야 할 곳으로 가서 한번 보자."

코라는 아무 말도 하지 않았지만, 그래야 하리라 생각했다. 이 시점에서는 필연 같았다. 그래서 코라와 나머지 일행은 계속 걸었다.

리니 말이 옳았다. 한 시간쯤 걷고 나자 땅이 아래로 내려가더니 완만한 비탈이 되었고, 그 비탈은 산맥과 대지 곡선에 맞추어 어떤 식으로든 조정되며 단순한 옥수수사탕 농장을 아름다운 풍경으로 바꿔 놓았다.

그 밭은 농사에 바치는 푸르른 찬가였다. 솟아오른 줄기는 하늘을 찌르고 잎사귀는 정말 식물처럼 그럴듯하게 바스락거렸다. 코라는 눈을 껌벅이고 나서야 그 줄기마다 얹혀 있는 옥수수가 사실은 팔뚝만 한 옥수수사탕이라는 사실을 깨달았다. 설탕 세공 옥수수수염이 산들바람에 부드럽게 흔들렸다. 사방에서 꿀과 설탕 냄새가 났는데, 묘하게 그 냄새가 딱 맞고 적절하게 느껴졌다.

밭 가장자리에는 벌집들이 설치되어 있었고, 통통한 줄무늬 박하사탕과 버터스카치 캔디들이 벌집 밖을 기어다녔다. 형태를 보면 곤충의 후손이라는 것을 희미하게 알 수 있는 생김새였는데, 얇은 토피 시트로 만들어진 날개가 햇빛을 부드러운 금빛으로 투과시켰다.

케이크 여왕의 성과 마찬가지로 농가 주택과 헛간은 진저브레드로 지어졌다. 극단으로 치달은 크리스마스 공예품 같았다. 성과 달리 이 건물들은 완벽한 대칭형으로 설계가 잘되어 있었다. 인간에게 가능한 극한까지 식용 재료를 반짝이려고 지은 게 아니라 형태와 기능 둘 다를 생각하여 지은 티가 났다. 주택은 길고 낮아서 밭의 절반 길이에 이르렀고, 창문은 벌의 날개와 똑같은 토피로 만들었다. 리니는 그 집을 보자 미소지었고, 남아 있는 이목구비에 안도감이 가득 퍼지자 어리고 밝고 평화로워 보였다.

"아버지는 어떻게 할지 알 거야. 우리 아버지는 어떻게 해야 하는지 늘 알거든."

케이드와 코라는 눈빛을 주고받았다. 둘 다 그 말에 반박하지는 않았다. 리니가 자기 아버지가 뭐든지 다 알고 모든 일을 해결해 줄 현자라고 믿고 싶다면야, 그들이 어떻게 반박하겠는가? 게다가 여기는 그들의 세계가 아니었다. 리니가 옳을 수도 있었다.

"얼른 와, 엄마!" 리니는 스미에게 열렬하게 말하며 옥수수사탕 밭으로 들어갔다. "아빠가 기다려!" 리니가 초록색 밭으로 뛰어들자 해골은 좀 더 차분하게 따라갔고, 다른 세계에서 온 세 명은 맨 뒤에 따라갔다.

"난 언제나 문을 다시 찾으면, 그게 어디로 가는 문이든 간에 들어가겠다고 생각했어. 어디라도 부모님이 하루 종일 끔찍한 질문만 해대는 세상보다는 나을 거라고 생각했지." 크리스토퍼가 말했다. "아픈 애들이 우르르 나오는 병원 드라마가 있는데, 어머니는 내가 돌아온 후에 두 시즌을 꼬박 보게 하면서 에피소드가 하나 끝날 때마다 희망에 찬 눈으로 날 쳐다봤어. 그때쯤이면 드디어 해골 소녀가 사실은 섭식장애 환자라거나, 노숙자라거나 그런 거고, 망할 해골이 아니라는 고백이 나올 거라고 기대하면서."

"공정하게 생각해 보자." 케이드가 말했다. "내 아들이 어떤 마법 세계에 갔다 와서는 진심으로 내부 장기가 하나도 없는 여자와 결혼하고 싶다고 말한다면, 아마 나라도 한동안은 아들이 그런 말을 하지 않게 할 방법을 찾으려고 할 거야."

"뭐야, 네가 여자애들에게 매력을 느끼는 것도 예쁜 콩팥이 있어서는 아니잖아?" 크리스토퍼가 말했다.

케이드는 어깨를 으쓱였다. "난 여자들이 좋아. 여자들은 아름다워. 난 여자들이 부드럽고 예쁘고 피부가 있고, 진화가 적절하다고 여긴 모든 부위에 지방이 붙어 있는 게 좋아. 하지만 내가 제일 좋아하는 부분은 해골이 아니라서 구조적으로 실제 안정성이 있다는 점이지."

"남자애들은 다 너희 둘같이 이상하니, 아니면 내가 정말 운이 좋은 거니?" 코라가 물었다.

"우린 마법의 땅에서 죽은 여자애와 사라져 가는 여자애를 따라 무농약 유기농 옥수수사탕 밭으로 들어가고 있는 10대들이야." 케이드가 말했다. "이 상황에서는 이상한 게 대단히 합리적인 반응이라고 생각해. 정신을 놓지 않으려고 휘파람을 불면서 무덤에 들어가는 것과 같지."

"게다가…" 크리스토퍼가 말했다. "너도 내부 장기를 근거로 데이트 상대를 고르진 않지, 안 그래? 이 논쟁을 정리해 줘."

"미안하지만, 날 너희의 그 작은 기기묘묘 퍼레이드에 끌어넣는다면 난 케이드와 편먹어야겠는데." 코라는 긴장을 조금 풀었다. 슬슬 이 상황이 목숨이 걸린 모험이라기보다는 나디아와 함께하는 학교 구경에 가깝게 느껴졌다. 어쩌면 리니 생각이 맞고, 리니 아버지가 모든 것을 해결할지도 모른다. 어쩌면 다들 학교로 돌아갈 수 있을—

코라가 갑자기 멈춰섰다. "팔찌."

"뭐?" 케이드와 크리스토퍼가 차례차례 멈추더니, 불안한 얼굴로 그녀를 보았다.

"케이크 여왕에게서 리니의 팔찌를 되찾아오지 않았어." 코라는 크게 뜬 눈으로 고개를 저었다. 가슴이 죄어

왔다. "크리스토퍼의 피리를 되찾는 데 급급해서 팔찌를 찾지 않았어. 이러면 학교에 어떻게 돌아가지?"

"우린 방법을 찾아낼 거야." 케이드가 말했다. "정 안 되면 리니에게 처음 그 구슬 팔찌를 준 마법사가 우릴 돌봐줄 수 있겠지. 숨 쉬어. 다 괜찮을 거야."

코라는 케이드를 보면서 심호흡을 했다. "정말 그렇게 생각해?"

"아니." 케이드는 대놓고 말했다. "절대로 괜찮아지진 않지. 하지만 난 프리즘에 있는 동안 밤마다 스스로에게 그렇게 말했어. 그리고 아침마다, 깨어났을 때 아직 프리즘에 있으면 또 그 말을 했지. 그렇게 해서 헤쳐 나왔어. 때로는 그것밖에 할 수 없어. 그냥 더 헤쳐 나갈 필요가 없어질 때까지 헤쳐 나가는 거야. 아무리 시간이 오래 걸려도, 아무리 힘들어도."

"그거…" 코라는 멈칫했다. "아니, 그거 정말 좋은 말이네. 난 스스로에게 거짓말을 그렇게 잘하지 못했어."

"반면에 이 몸은 거지 같은 이야기들을 스스로 주입하는 데 최고거든. 정작 나는 믿지 않는다 해도 주위의 모두를 위해 받아들여야 한다면 말이야." 케이드는 두 팔을 펼쳐 그 순간을 강조했다. "난 어떤 개소리라도 5분쯤은 그럴싸하게 들리게 말할 수 있어."

"난 못해." 크리스토퍼가 말했다. "난 그저 해골 소녀가 날 찾을 수 없는 곳에서 죽기를 거부할 뿐이야. 아무래도 여긴 마리포사와 연결된 세계가 아닐 것 같거든. 동조가 전혀 안 돼."

"무슨 뜻이야?" 코라는 다시 걸음을 옮겨, 두 사람과 보조를 맞췄다.

"다른 세계에서 우리 세계로 -음, '지구'라고 해두자. 그게 이름이긴 하니까- 온 사람이 리니가 처음이 아닌 건 알지?" 케이드는 코라가 고개를 끄덕일 때까지 말을 멈췄다가 계속했다. "음, 그런 일이 일어나고 우리가 그 사실을 알 때마다, 누군가는 최선을 다해서 그 사람들을 앉혀놓고 질문을 왕창 했어. 기본사항을 이해하고, '나침반'을 위해 자세한 사항을 더 알아내려고 말이야. 그 사람들은 대부분 문에 대해 나름의 이야기를 갖고 있어. 아는 사람의 아는 사람의 이모할머니가 20년 동안 사라졌다가 하나도 나이 들지 않은 채 돌아왔는데, 말도 안 되는 이야기를 가득 늘어놓으면서 주머니에는 어마어마한

값어치의 다이아몬드가 들어 있었다는 식이지. 소금이나 뱀가죽일 수도 있고. 화폐 가치는 세계마다 조금씩 다르거든. 아무튼 우린 그런 이야기들을 통해서 '도착(to)' 세계들과 '출발(from)' 세계들이 있다는 사실을 알았어."

"그게 무슨 소리야?"

"컨펙션을 예로 들면, 컨펙션은 문들에 의해서 만들어졌고, 여기 규칙은 전부 제빵사들이 세웠어. 아마 그 제빵사들은 논리적인 세계 출신일 텐데, 그들이 인생에서 난센스를 원했기 때문에 한 번에 한 층씩 난센스 세계를 빚어냈겠지. 여기 난센스의 절반은 아마 주방에 요리사가 너무 많아서 생긴 걸 거야. 서른 명이 같은 웨딩케이크에 덤비면, 각자 아무리 뛰어난 요리사라 해도 어쩔 수 없이 좀 이상한 맛이 나는 케이크를 만들어 내지 않겠어?"

코라는 천천히 고개를 끄덕였다. "그러니까 여기는 도착 세계구나."

"그래. 자, 우리 지구의 경우는 출발 세계야. 우리가 받아들이는 여행자는 리니 같은 사람들, 선택권이 없는 사람들, 추방당한 사람들, 아니면 오래전에 왔다가 돌아가겠다고 해놓고 아직 돌아가지 못한 옛 친구를 찾는 사람들이야." 케이드는 잠시 말을 멈췄다. "지구가 유일한 출발 세계는 아니야. 우리가 아는 것만 다섯 개는 있으니까, 아마 저 밖에는 더 있겠지. 우리와 교차하기에는 너무 먼 곳들이 말이야. 출발 세계들은 뒤섞인 경향이 있어. 약간은 위키드, 약간은 버츄. 아니면 약간은 로직, 약간은 난센스 이런 식으로. 물론 어느 한쪽으로 치우칠 수는 있지. 예를 들어 난 지구가 난센스보다는 로직에 더 쏠려 있다고 생각해. 엘리노어 이모는 동의하지 않지만… 아무튼, 출발 세계들은 문들에게 닻을 내릴 장소를 제공하기 위해 존재해."

"모든 도착 세계는 하나 이상의 출발 세계와 연결되어 있어." 크리스토퍼가 이야기를 이어받았다. "그러니까 마리포사와 프리즘은 둘 다 지구와 연결되어 있고, 지구에서 출발하는 여행자들을 받지. 그리고 아마 비슷한 세계 몇 개와도 연결되어 있을지 몰라. 나디아의 세계가 낸시의 세계와 잇닿아 있는 것처럼 말이야. 그리고 아마 지구가 아닌 다른 출발 세계와도 연결되겠지. 지나친 관심을 끌지 않으면서 여행자들을 받을 수 있도록. 하지만 도착 세계가 다른 도착 세계와 연결될 경우엔, 언제나 규칙이 거의 같은 세계로만 이어져."

"그런데 여기 규칙은 마리포사의 규칙과 다른 거구나." 코라가 천천히 말했다.

크리스토퍼는 고개를 끄덕였다. "바로 그거야. 마리포사는 라임(운율, 시)과 로직의 세계였고, 여기는 난센스와 리즌의 세계야. 위키드인지 버츄인지는 모르겠지만, 그건 나한테 중요하지 않아. 마리포사는 중립이었으니까, 어느 쪽과도 동조할 수 있거든. 다만 난센스만은 처리할 수가 없어."

"머리가 아프다." 코라가 말했다.

"같은 처지가 된 걸 환영해." 케이드가 말했다.

옥수수사탕 밭이 끝났다. 세 사람은 초록색 밭에서 걸어 나가서 농가 주택 앞에 단단하게 다져진 크럼블 바닥을 밟았다. 맛을 보지 않고서는 무엇으로 만들어진 흙인지 알 수가 없었는데, 코라의 호기심도 땅바닥을 핥을 정도로 강하지는 않았다. 잘된 일이었다. 그녀가 이 새로운 현실을 수용하기 위해 할 수 있는 일에도 한계가 있다는 사실을 알아두니 좋았다. 물론 단순히 흙을 먹고 싶지 않아서일 수도 있지만.

집 앞에서는 리니가 자기보다 조금 큰 남자를 끌어안고 있었다. 스미가 방금 조용히 비켜선 10대 해골이 아니라 다 자란 성인 여자였다 해도 그 남자가 훨씬 컸을 것이다. 머리카락은 노란색이었다. 금발이 아니라, 잘 익은 옥수수사탕 같은 노란색, 버터스카치 색깔이었다.

"여기 사람들도 고기로 만들어진 거, 맞지?" 코라가 중얼거렸다.

케이드는 바지에 묻은 핏자국을 슬쩍 보고 대답했다. "그건 확실해."

"그런데 어떻게 영양실조로 다 죽지 않는 거야? 어떻게 아직도 이가 멀쩡하고?"

"네 피부는 어떻게 2년 동안 계속 소금물 속에서 살았는데도 썩어서 떨어지지 않았지?" 케이드가 슬쩍, 쓴웃음 같은 미소를 비쳤다. "모든 세계가 나름의 규칙을 만들어. 그 규칙들이 불가능할 때도 있지만, 그렇다고 강제력이 떨어지진 않아."

코라는 잠시 말이 없다가 말했다. "난 집에 가고 싶어."

"그거야 우리 다 그렇지 않아?" 크리스토퍼가 구슬프

게 말했고, 그것으로 대화는 끝이었다. 달리 할 말이 없었다. 사방에 펼쳐진 옥수수사탕 밭이 초록색으로 자라나며 끝없이 태양을 향해 뻗어 나가는 가운데, 그들은 기적을 바라며, 해답을 바라며 리니와 그 가족에게 걸어갔다.

리니는 친구들이 –그런데 그들이 그녀의 친구였던가? 그런 표현을 써도 될 만큼 역경 속에서 단단히 이어졌던가? 리니는 친구라는 걸 둔 적이 없었기에 규칙을 몰랐다– 거의 바로 앞까지 오도록 기다렸다가 아버지를 놓고 물러서서 그에게 그들을, 그들에게 그를 보여 줬다.

그는 키가 컸다. 그 점은 부자연스럽게 노란 머리카락과 함께 멀리서부터 눈에 띄었다. 멀리서 보지 못했던 것은 그의 눈동자가 리니와 마찬가지로 옥수수사탕 색깔 그대로라는 점, 커다란 두 손이 평생 밭에서 일한 덕분에 굳은살투성이라는 점, 얼굴이 햇빛에 그을어서 딸과 비슷하게 가무잡잡했지만 그 속살은 다르다는 점이었다. 리니의 살색이 쿨톤이라면 그 아버지는 웜톤이었고, 리니가 호박과 꿀색이라면 아버지는 불그레한 복숭

아색이었다. 그 둘은 전혀 비슷하지 않으면서 누가 봐도 닮은 부녀였다.

일행 중 누구보다 스미를 잘 알았던 케이드는 리니와 그 아버지를 보면서, 그 둘의 차이에서 스미를 보았다. 스미한테 어떤 레시피를 첨가해서 구워야 그 딸이 될지가 보였다.

"안녕하세요." 케이드는 아주 살짝 목례하며 말했다. 어쩐지 그래야 할 것 같았다. "저는 케이드입니다. 만나서 반갑습니다."

"내 딸을 집에 데려다줘서 고마워요." 리니의 아버지가 말했다. "굉장한 모험을 했다면서요. 케이크 여왕이 예전에 있던 자리로 돌아왔다고요? 나의 스미가 영영 내게 돌아오지 않는 세계라면 그럴 수밖에 없겠지요." 슬프다기보다는 체념한 듯한 말투였다. 그는 언제나 세상이 이런 식이라고 생각하고 살았다. 세상이 그의 손에서 행복을 빼앗아 가는 건, 그가 개인적으로 상실을 겪을 만한 일을 해서가 아니라, 순전히 세상이 그러고 싶어서라고 말이다. "내 이름은 폰더예요. 내 농장에 찾아와 주니 반갑군요."

"지금 예의 차리고 쓸쓸해할 때가 아니야, 아빠." 리니가 이전의 기세등등함을 다소 회복하며 말했다. 아버지가까이에 있는 것만으로도 기운이 나서, 몸이 사라지고 있다 해도 아직은 여기에 있다고, 아직은 이 사태를 해결할 시간이 있다고 생각하게 된 것 같았다. "내가 엄마를 찾아냈어. 웃는 방법을 모르는 세계에서 엄마의 뼈를 찾고, 뛰는 방법을 모르는 세계에서 엄마의 영혼을 찾았어. 이제 아빠가 엄마의 심장을 찾을 방법을 알려 줘야 해. 그래야 내가 전부 다시 붙이지."

리니는 말을 끝내더니 한 점 티끌 없이 환하게 아버지를 보고 웃었다. 아버지가 모든 기도의 응답이라는 듯이, 상황을 다시 바로잡아줄 거라는 듯이.

폰더는 깊은 한숨을 내쉬더니 손을 뻗어 리니의 뺨을 만졌다. 눈이 있던 곳에 남은 빈 자리가 아니라, 안에서부터 그녀를 먹어 들어가고 있는 무(無)가 아직 건드리지 않은 온전한 뺨을.

"모르겠구나, 얘야." 그는 말했다. "네가 떠날 때 이미 나는 모른다고 말했지. 난 그냥 옥수수사탕 농부일 뿐이야. 이 극에서 내가 맡은 역할은 네 어머니를 사랑하고 너를 키우는 것뿐이었고, 그 두 가지라면 최선을 다했다만, 그렇다고 해서 내가 세상 경험이 많아지거나 현명해지지는 않았어. 난 그저 영웅을 아내로 두고, 언젠가 위대한 일을 할 딸을 둔 남자일 뿐이고 그게 내가 원한 전부였단다. 난 뭔가를 해결한 적이 없어. 신들에게 도전한 적도 없어. 나는 퀘스트가 끝났을 때 너희가 돌아올 집을 지키다가 따뜻한 퍼지 파이를 내어 주며 오늘 하루는 어땠냐고 말할 사람이었고, 소외감을 느낀 적도 없었어. 나는 언제나 뒤에 남겨지는 사람이었으니까."

리니가 헐떡임과 흐느낌이 섞인 소리를 작게 내더니, 남아 있는 손으로 얼굴을 감쌌다.

"망자의 군주는 스미의 난센스가 집에 왔다고 했어." 크리스토퍼가 불쑥 말했다. "폰더 씨, 리니가 제빵사들에 대해 말해 줬어요. 제빵사들이 어떻게 찾아오고, 해야 할 일을 해서 컨펙션을 더 크고 기묘하게 만드는지요. 그 오븐이 어디 있는지 아시나요? 제빵사들이 어디에서 세계를 굽는지?"

"물론이지요." 폰더가 말했다. "여기에서 하루면 갑니다."

크리스토퍼는 희미하게 웃었다. "그거야 그렇겠죠. 가는 길을 알려 주실 수 있나요?"

이곳이 우리가 세계를 변화시키는 자리

설 탕 과 향 신 료,

그 리 고 대 ^가 치 르 기

폰더는 일행 모두에게 식량이 든 가방과 각자에게 쓸모 있을 성싶은 물건을 하나씩 줬다. 코라에게는 작은 낫을, 케이드에게는 꿀단지 하나를, 크리스토퍼에게는 하얀 돌멩이인지 아주 단단한 계란인지 모를 물건을. 리니는 빈손으로 지평선만 보며 어머니의 해골과 나란히 걷고 있어서, 무엇을 받았는지 분명히 알 수가 없었다.

코라가 슬그머니 다가가서 물었다. "너 괜찮아?"

"아버지가 우리에게 선물을 준 건 그래야 해서지, 지금 여기에서 그 물건들이 우리에게 도움이 되어서가 아니야." 리니는 대답했다. "그냥 던져 버려도 돼."

"그건 좀." 낫을 처음 갖게 된 코라는 그게 예쁘다고 생각했다. "언젠가는 쓸모 있을지도 모르잖아."

"그럴 수도." 리니는 맞장구쳤다.

코라는 얼굴을 찌푸렸다. "좋아, 진지하게 묻는데 너 정말 괜찮아?"

"응. 아니. 나도 몰라. 난 제빵사를 본 적이 없어." 리니가 말했다. 경외감마저 깃든 나직한 목소리였다. "언제나 언젠가는, 어쩌면, 내가 충분히 용감해지면 만날 거라 생각은 했지만, 아직은 만난 적이 없고, 조금 겁이 나. 제빵사가 날 안 좋아하면 어쩌지? 아니면 날 너무 좋아해서 언제까지나 옆에 두고 주방 친구이자 관리자로 두고 싶어 하면 어쩌지? 나도 하긴 할 거야. 어머니를 위해서라면, 내 세계를 위해서라면 할 거라고. 하지만 매일 매순간 마음이 조금씩 죽어 가다가 어느 날엔가 그림자만 들어 있는 캔디 껍질이 되어 버리겠지."

"잠깐만." 코라는 놀라서 케이드와 크리스토퍼를 곁눈질했다. 두 소년은 걸으면서 조용히 대화하고 있었고, 크리스토퍼의 손가락은 여전히 소리 없는 노래를 연주하듯 피리 위를 움직였다. 코라는 다시 리니를 보았다. "우린 제빵사를 만나러 가는 게 아니야. 제빵사가 세계를 구울 때 썼던 오븐을 보러 가는 거지. 큰 차이가 있어."

"그렇지도 않아." 리니가 말했다. "누군가 쓰는 주방에 들어가면서 그 사람이 없을 거라고 생각할 순 없지."

코라는 리니를 빤히 쳐다보았다. "제빵사는 오래전에 떠났다고 하지 않았어?"

"제빵사 하나는 오래전에 떠났다고 했지. 제빵사 중에 하나. 아니, 많은 제빵사가 떠났어. 하지만 현재의 제빵사는, 내가 어렸을 때 여기 왔어. 문을 통해 들어와서 이것저것 만들기 시작했고, 그 후부터 지금까지 만들었지." 리니는 고개를 저었다. "케이크 여왕이 다시 살아나긴 했지만 제빵사도 아직 여기 있을 거야. 여왕은 제빵사여야 했는데 제빵사 역할을 한 적이 없고, 세상이 무너지길 바라지 않는다면 계속 유지해야 하니까."

"오 사랑하는 넵튠이시여, 저 너무 머리가 아프려고 해요." 코라는 한 손으로 관자놀이를 문지르며 중얼거렸다. "알았어. 조…좋아. 우린 신을 만나는 거구나. 이 엉망진창 카페테리아 같은 현실의 신을 만난 다음에, 지옥 같은 학교로 돌아가서 각자의 문이 열릴 때까지 거기 사는 거야. 그래. 그게 우리가 할 일이야. 우린 그렇게 할 거야."

"코라?" 케이드가 외쳤다. "너 괜찮아?"

"멀쩡해." 코라는 말했다. "다만 뭐랄까. 이 현실에서 기능상으로 신이라고 할 수 있는 누군가와 곧 이러쿵저러쿵 따질 거라는 생각을 소화하고 있어. 오후 시간을 보내기에 더할 나위 없이 좋은 계획이니까."

"더 나쁠 수도 있었어." 케이드가 말했다. "이게 네가 처음 만나는 신일 수도 있었잖아."

코라는 얼굴을 찌푸렸다. "이게 내가 처음 만나는 신 맞아."

"정말로? 넌 신이라는 말을 '내가 서 있는 현실 규칙의 절대적인 결정권자'라는 의미로 쓰는 줄 알았는데. 아니야?" 케이드는 고개를 살짝 기울였다. "그 의미가 맞다면, 넌 이미 적어도 신을 하나는 만났어. 둘일 수도 있고. 아마 둘이겠지. 낸시의 세계에서, 망자의 군주와 귀부인 기억해? 그분들이 선거에서 당선되어 그런 이름이 붙은 건 아니거든."

코라는 핼쑥해졌다. "정말이야?"

"내 의견을 묻는다면, 아마 그분들도 이 세계 최초의 제빵사와 비슷할 거야. 혼란에 빠진 아이들 한 쌍이 우연히 망자의 세계에 떨어졌다가, 이유가 뭔지는 몰라도 거기에 남아야겠다고 결정했겠지." 그게 아니면 그 세계가 그들을 보내주지 않았을 수도 있었다. 그런 일도 일어났다. 세계들은 사람의 심장을 칭칭 감고 호흡을 들이쉬고 내쉴 때마다 점점 조여들어서, '집'이라는 게 저편에 존재하는 공허한 아이디어에 지나지 않을 때까지 뿌리를 내릴 수 있었다.

"맙소사." 코라는 고개를 내젓고 리니를 다시 본 다음, 유령을 입고 있는 스미의 말 없고 날씬한 형상을 보았다. "난 신들을 만날 생각은 없었어."

"우리 중에 누구도 원해서 이렇게 되진 않았어." 크리스토퍼가 말했다. "난 그저 열여섯 살 생일까지 살고 싶었을 뿐이야."

"난 그저 모험을 하고 싶었고." 케이드가 말했다.

목소리가 없는 스미는 아무 말도 하지 않았는데, 그게 다행인지도 몰랐다. 스미는 코라와 마찬가지로 구원자 겸 도구였다. 부름을 받아 멋지고 새로운 존재로 사는 대신 딱 하나, 세상을 구하는 것만 하면 되는 아이였다. 스미는 그것까지도 해냈는데, 그러다가 너무 이르게 살해당했고 힘들게 한 일이 다 수정되어 없어져 버렸다.

난센스는 사람 진을 뺐다. 코라는 어서 학교로 돌아가고 싶었다. 학교도 모든 것이 건조하고 끔찍했지만, 그래도 순간순간 앞뒤는 맞았다.

잘게 부순 통밀 크래커로 만들어진 길은, 살아 있는 설탕으로 만들어지지 않았다 해도 감탄을 불러일으켰을 목가적인 풍경 속에서 구불구불 이어졌다. 케이드는 걸음을 멈추고 어느 덤불에서 설탕 버튼을 한 줌 따더니, 하릴없이 씹으면서 걸었다.

코라는 얼굴을 찡그렸다. "리니, 제빵사들이 세상을 만들고 나서 집에 갔다면, 사람들은 어디에서 온 거야? 너희 아버지 같은 사람들은? 그러니까, 네 아버지는 내 세계 사람들과 비슷하니까 스미와 결혼하고 널 낳았을 텐데, 그게 사실 말이 안 되잖아. 여기 다른 건 다 설탕인데."

"아, 태어난 곳에서 살고 싶어 하지 않는 사람들이 있었거든. 이 세계가 너무 커져서 제빵사가 이것저것 고치느라 시간을 다 쓰고 있을 때였어. 그때는 '첫 번째 컨펙션'이었고, 제빵사는 설탕 공예를 하느라 아주 바빴거든. 그래서 제빵사는 열 수 있는 문을 모조리 열고, 겁먹

었거나 배고프거나 외롭거나 지루한 사람들에게 이리로 건너오라고 했어. 문이 알아서 열리진 않을 테니 다시 돌아가지는 못할 거라고, 하지만 제빵사가 캔디 심장을 줘서 이 세계의 일부로 만들어 줄 수 있다고, 그러면 다들 여기에 남아 언제까지나 행복하게 살면서 제빵사가 고치기 싫은 것들을 고치며 살 수 있다고 했어." 리니는 어깨를 으쓱였다. "사람들이 많이 왔다나 봐. 제빵사는 그 사람들에게 새로운 심장을 만들어 줬고, 그 사람들은 있을 곳을 찾아서 집도 짓고 밭도 갈고 배도 만들었어. 그래서 이젠 내가 있고, 내 아버지는 캔디 심장이고 어머니는 고기 심장이고, 둘 다 달이 하늘을 사랑하는 만큼 날 사랑했지."

"하멜른의 피리 부는 사나이네." 크리스토퍼가 경탄하듯이 말했다.

개인적인 문이 아니라, 전체 인구를 집어삼키는 문 – 그것도 동의가 있든 없든 그렇게 하는 문이 있을 수 있다는 생각을 전혀 못 해 본 코라는 불안하게 입술을 씹으며 계속 걸었다. 걷는 데 진절머리가 나려고 했다. 걷기는 코라가 열 손가락에 꼽는 운동 방법에 들어가지 않왔다. 아니, 20위 안에도 들어가지 않았다. 그녀가 아는 모든 수영법과 춤 스타일을 다 다른 운동으로 보지 않고서는 고려할 운동 방법이 20가지나 되지도 않을 테지만 말이다. 더 최악인 건, 이건 꼭 필요한 걷기라는 점이었다. 불평을 하고 싶어도 할 수가 없었다.

(그리고 코라는 불평하고 싶으면서 또 절대로 불평하고 싶지 않기도 했다. 제일 처음으로 "애들아, 나 피곤해"라거나 "애들아, 나 배고파"라거나 "애들아, 우리 좀 앉자"라고 말하는 사람이 뚱뚱한 사람일 경우, 그건 언제나 그들이 이런저런 욕구가 있는 몸을 지닌 사람이라서가 아니라 뚱뚱해서라고 여겨졌다. 크리스토퍼라면 그럴 권리가 있을지도 몰랐다. 사람들이 살덩이 없이 살아갈 방법을 알아낸 세계에 갔었고, 그곳에선 사람을 억측으로 판단하는 대신 나름의 장점에 기반해서 판단할 테니까.)

크리스토퍼가 멈춰 서더니, 한 손을 앞으로 내밀고 피리를 말끔하게 빼낸 각도로 몸을 굽혀 두 손을 무릎 위에 내려놓았다. "잠깐만. 몇 시간 전에 죽을 뻔했더니, 숨 좀 돌려야겠어."

"좋아." 코라는 짐짓 관대하게 말했다. 그녀는 왼발을 뒤로 뻗고 손으로 잡아서 쭉 당겨 늘렸다. 허벅지 근육이 항의하다가 긴장을 풀고, 막 뭉치려던 부분을 풀어냈다.

코라가 다시 고개를 들었더니, 케이드가 감탄한 표정으로 쳐다보고 있었다.

"나보다 유연성이 좋구나." 그는 말했다.

"난 수영선수야. 유연해야 해."

케이드는 고개를 끄덕였다. "말 된다."

리니가 몸을 돌리더니 세 사람을 노려보았다. 눈은 하나만 남았고 뺨의 근육도 반쯤 사라져 있으니 이상하긴 했지만, 그래도 노려보는 표정이었다. "우린 계속 움직여야 해. 나에겐 시간이 없어."

"미안." 크리스토퍼가 몸을 폈다. "이제 괜찮아."

"잘됐네." 리니가 날카롭게 말하더니 다시 걷기 시작했고, 나머지 셋은 서둘러 따라갔다.

케이드는 리니 오른쪽을 걷고 있는 스미를 슬쩍 보고, 리니 왼쪽으로 다가갔다. 그는 없어진 부분에서 시선을 돌리지 않으려고 노력하며 리니의 얼굴을 보았다. 리니에게 그 정도 대우는 해 줘야 했다. 적어도 존엄성을 유지하는 척은 해 줘야 했다.

"그곳이 얼마나 멀리 있는지 확실히는 몰라도, 우린 곧 도착할 거야." 케이드는 말했다. "제빵사는 우리를 도와줄 거고, 그러면 넌 가족이 있는 집에 돌아갈 수 있을 거고, 모든 게 나아질 거야. 두고 봐."

"여기에선 시간이 계속 흘렀는데, 너희에게는 흐르지 않았어. 난 너희보다 나중 사람이야. 내 어머니는 지금 나보다 어려." 리니는 쓸쓸하게 말했다. "우리가 엄마를 고치면, 나도 고쳐질까? 아니면 나는 계속 사라질까? 이젠 엄마가 너무 어려서 아버지에겐 한참 어린 신부가 될 텐데, 아버지는 절대 그런 짓을 하지 않거든. 딸이 생기기 전이었다 해도 미성년자와 결혼은 안 했을 거야. 우리가 어머니를 되찾는다 해도 어머니가 이렇게 나보다 어리면, 난 여전히 모든 걸 잃게 될까?"

"예언은…."

"예언은 엄마가 케이크 여왕을 물리치고 평화와 피넛버터쿠키의 시대를 연다고밖에 안 했어. 언제 그렇게 할지는 말하지 않았고, 엄마가 진정한 사랑과 확실히 결혼해서 리니라는 이름의 기막히게 아름다운 딸을 낳는다

든가, 리니가 성장해서 진정한 사랑을 찾는다는 말은 없어." 리니의 입이 비틀리며 쓴웃음을 지어냈다. "아무도 나에게 행복한 결말을 약속하진 않았어. 아니, 행복한 존재도 약속하지 않았지."

케이드는 다시 길을 보았다. "우리가 해결할 거야." 그는 다시 말했다.

"시도는 하겠지." 리니가 말했다.

그들은 계속 걸었다. 조금 전까지만 해도 그들은 초록색 프로스팅과 설탕 꽃들로 이루어진 목가적인 들판을 걷고 있었는데, 다음 순간에는 고물상을 많이 닮은 곳의 정문에 다가가고 있었다. 그 고물이라는 건 수많은 주방 프로젝트의 폐기물이었다. 떨어진 수플레들, 다듬다가 잘려 나간 케이크 조각들, 금이 간 퍼지 판들이 사방에 널려서, 꼬인 과일 덩굴로 이루어진 철책선 뒤에 버려진 과자들의 산을 쌓아 올렸다. 케이드는 눈을 껌벅였다.

"이게 우리가 갈 곳이야?" 그는 물었다.

리니는 경건하기까지 한 표정으로 고개를 끄덕이고 속삭였다. "제빵사는 여기 있어."

네 사람은 정문을 향해 걸어갔다. 그들이 다가가자 문

이 열렸고, 그들은 조용히 안으로 들어갔다.

고물상은 말도 안 되게 컸다. 마치 독자적인 기하학과 물리학과 땅이 구부러지는 방법이라도 있는 것처럼 끝없이 뻗어 나갔다. 네 여행자는 한 번씩 손이 닿을 정도로 서로에게 바싹 붙어서 걸었다. 마치 잠깐이라도 서로 떨어졌다가는 누군가가 저 우뚝 솟은 쓰레기 더미 속으로 사라져서 다시는 못 볼까 봐 두려워하는 듯한 움직임이었다.

걷다 보니 쓰레기 더미의 내용물이 점점 신선해졌다. 곰팡이는 처음부터 없었지만 ─여기에선 정말로 퀴퀴해지는 건 아무것도 없는 것 같았다─ 가장자리 쪽 무더기에선 나지 않았던 갓 구운 과자 냄새가 났다. 그것은 안전과 위로와 혀에 느껴지는 단맛을 약속하는, 설탕과 열로 만든 마음 편한 음식의 안락한 향기였다.

일행이 모퉁이를 돌자, 그곳에 그녀가 있었다. '제빵사'였다.

그녀는 키가 작고 둥글둥글했으며, 크리스토퍼보다 더 피부색이 어두웠고, 예쁜 파란 천을 머리에 둘러서 머리카락을 감췄다. 열일곱 살이나 됐을까 말까 했다. 그녀가 몸을 굽혀 앞에 놓인 오븐에서 파이를 꺼내자 치맛자락이 땅바닥을 쓸었다. 어떻게인지는 몰라도 그녀는 고물상 한가운데에 독립된 주방을 세워 놓았다. 아니면 독립된 주방 주위에 고물상을 만들었는지도 모르겠다. 부서진 쿠키와 버려진 컵케이크를 하나씩, 하나씩 쌓아서.

리니는 입을 벌리고 눈에는 눈물이 맺혀서 그녀를 쳐다보았다. 스미는 아무도 유도하지 않는데 한 걸음을 앞으로 내딛었고, 그 발바닥뼈 아래 비스코티 조각 하나가 부서졌다.

제빵사가 오븐에서 시선을 들고 미소지었다. "왔구나." 그녀는 몸을 돌려 가까운 카운터에 파이를 내려놓으며 말했다. 그런 카운터가 조금 전에도 있었던가? 코라는 알 수 없었다. "네가 성공하길 바라고 있었어."

리니가 목이 졸리는 소리를 내며 얼굴을 돌렸다.

제빵사는 주방에서 걸어 나오더니, 부서진 비스킷 땅을 걸어 리니에게 향했다. 자기 발밑에서 어떻게 금이 메워지고, 쿠키 색깔이 밝아지고, 설탕이 빛을 발하는지는 눈치채지 못하는 것 같았다. 그녀는 존재만으로 그녀의 세상을 치유하고 있었다. 다만 그러려면 그곳에 존재해야 했다. 그녀는 창조할 수 있었다. 그녀는 수리할 수 있었다. 그러나 모든 곳에 동시에 있을 수는 없었다.

"내 가엾고 귀여운 아이." 제빵사는 그렇게 말하며 리니의 남은 손을 잡았다. "네가 스미를 찾아냈구나. 네가 우리의 스미를 찾아서 집으로 데려왔어."

"고쳐 줄 수 있어?" 리니가 코를 훌쩍였다. 눈에서는 끊임없이 눈물이 새어 나와, 손쓸 도리 없이 뺨을 타고 흘러내렸다. "제발, 고쳐 줄 수 있어? 망자의 군주가 엄마의 난센스는 여기 있을 거랬어. 엄마를 다시 합치려면 그것만 있으면 돼. 고쳐 줄 수 있어?"

"아, 아가야." 제빵사는 그렇게 말하며 리니의 손을 놓았다. "난센스가 원래 만들어진 곳으로 오는 건 사실이다만, 그건 쏟아진 밀가루와 같아. 그냥 다시 집어넣을 순 없어. 정착시켜야 해. 난센스는 만물로 돌아가서, 세상이 계속 돌아가게 해 준단다. 네 어머니의 난센스가 여기 있다고 해도, 내가 되찾을 순 없어."

"그러면 더 만드는 건요?" 코라가 물었다. "제빵사시죠. 이 세계를 이 모습으로 만드는 분이요. 그러니 그냥… 난센스를 새로 만들어 내실 순 없어요?"

"그건 생강쿠키 같은 게 아니야." 제빵사가 말했다.

"그러니까 그건 밀가루 같은 거고, 생강쿠키 같은 건 아니고, 당신은 여전히 이 세계 전체를 책임진 분인데, 왜 그냥 지금 모두를 위한 행복한 결말을 구워 내겠다고 결정하실 수 없는 거죠?" 코라는 쩌려보고 싶은 충동을 누르며 팔짱을 꼈다. "전 지쳤고, 뭐가 뭔지 모르겠고, 난센스 세계에 맞지도 않으니 그냥 고쳐 주신다면 정말 기쁘겠는데요."

"넌 '난센스'를 아이디어처럼 말하기도 하고, 정식 이름처럼 말하기도 하는구나. 왜 그런 거지?" 제빵사가 물었다.

"당신은 문을 발견했군요." 케이드가 말했다.

제빵사는 눈을 껌벅이며 케이드를 돌아보았다. 그는 어깨를 으쓱였다.

"식료품 창고 안쪽에 있었을 수도 있고, 침실에 있었을 수도 있고, 어쩌면 길 한가운데 있었을 수도 있지만 아무튼 당신은 문을 발견했고, 그 문을 통과하자 모든 게 달라졌죠. 당신에겐 주방, 원하는 모든 재료, 그리고 당신이 미래를 구워 내길 바라는 세계가 주어진 거예요."

"난 말 그대로 그 일을 해." 제빵사가 중얼거렸다. "미래가 가야 할 길로 가게 만드는 예언들? 내가 예언에 설탕 쿠키들을 연결해서 바람이 퍼뜨리도록 던지지. 시간이 많이 걸려. 프로스팅은 논문처럼 긴 운명에 적절한 매체는 아니야."

"그렇겠죠." 케이드가 말했다. "하지만 당신은 문을 발견했고, 그 문이 당신을 이리로 데려왔어요. 당신이 이 주방에서 일한 첫 번째 사람이 아니라는 걸 아니까, 아마 당신은 그 문이 언젠가 돌아와서 당신을 왔던 곳으로 돌려보낼까 봐 두려워하고 있을 거예요."

"브루클린이야." 제빵사가 말했고, 그 말만으로도 그녀는 신이나 창조자 같은 게 아니라 다른 존재가 되었다. 두 손에 밀가루를 묻히고, 풀이 죽은 표정으로 허잡을 쓴 10대 소녀에 불과했다. "그걸 어떻게 알았어? 날 데리고 돌아가려고 온 거야?"

"우린 누구에게도 그런 짓 안 해요." 코라가 말했다. "절대로요. 하지만 당신이 왜 우리가 이렇게 말하는지 물어봤잖아요."

"혹시라도 당신 문이 다시 나타나면, 혹시라도 더는 살고 싶지 않은 그 세계에 돌아가게 되면 방황하는 아이들을 위한 엘리노어 웨스트의 대안 학교를 찾아보고, 부모님을 설득해서 그리로 보내줄 수 있나 알아봐요." 크리스토퍼가 말했다. "그러면 당신을 이해하는 사람들과 있게 될 거예요."

제빵사는 얼굴을 찌푸리더니 마침내 말했다. "알았어. 하지만 그런 일은 없을 거야. 난 언제까지나 여기에 있을 거니까."

현실을 아는 코라와 크리스토퍼는 서로 눈짓을 주고받기만 하고, 말은 하지 않았다. 적절히 할 말이 없었다.

"그건 당신에게 좋은 일이지만, 우리는 학교에 돌아가서 우리 문을 찾는 일을 계속하고 싶은데요." 케이드가 정중하게 말했다. "우리가 스미를 다시 합칠 수 있게, 새로 난센스를 만들어 줄 수 없나요?"

"난 방법을 몰라." 제빵사는 좌절한 목소리로 말했다. "난센스는 저절로 생겨. 공기에도, 물에도… 땅에도 있지."

"통밀 크래커로 만들어진 땅이요." 코라가 말했다.

"바로 그거야! 도무지 말이 안 되니까, 그게 난센스를 낳는 거지. 나도 레시피가 없는 걸 그냥 만들어 낼 수는 없어."

"즉흥적으로 만들 순 없나요?" 코라가 고개를 절레절레 저었다. "제발요. 우린 정말 멀리 왔고, 이미 대가도 치렀어요. 스미에겐 도움이 필요해요. 스미에겐 기적이 필요하다고요. 바로 지금, 기적을 만드는 사람은 당신이에요. 그러니 부탁이에요."

제빵사는 일행을 차례차례 보다가 마지막에 리니에게 시선을 멈췄다. 리니는 세계에서 점점 사라져 가면서도 여전히 울고 있었다.

"좋아. 시도해 볼게." 제빵사가 말했다.

제빵사가 스미에게 손짓을 하자, 스미가 흔쾌히 다가 갔다. 달리 어떻게 할 수 있겠는가? 상대는 스미가 선택한 세계가 불러들인 신이었고, 해골과 유령의 조합이라해도 그녀는 자신이 어디에 속해 있는지 알았다.

케이드는 제빵사를 도와서 긴 금속 테이블 위에 스미를 올렸다. 어떤 각도에서 보면 꺼림칙할 정도로 학교

지하실에 있던 부검대와 비슷한 테이블이었다. 잭이라는 소녀가 잠을 자면서 피와 천둥으로 정의되는 어느 세계를 꿈꾸던 그 부검대 말이다. 케이드는 스미를 올려놓고 물러서서 다른 일행과 같이 제빵사의 작업을 지켜보았다.

그 주방에는 벽도 없고, 저장고도 없었다. 제빵사는 뭔가가 필요하면 주방 경계선 밖으로 나가서 주위 고물상에 손을 뻗었고, 매번 딱 맞는 재료를 집어들었다. 계란, 우유, 밀가루, 버터, 바닐라빈, 생강, 전부 다 제빵사가 흙먼지 속에서 끄집어내기를 기다리고 있었다. 그녀는 이게 이상하다는 사실을 이해하지 못하는 듯했다. 다른 사람들이 고물상을 볼 때면 새로운 성공의 재료가 아니라 실패작만 보였다. 여기는 그들의 공간이 아니었다. 여기가 제빵사의 공간이라는 점에는 의문의 여지가 없었다.

그녀는 조금씩 조금씩, 녹인 마시멜로와 꿀을 섞은 쌀 시리얼로 스미의 팔다리를 만들고 살붙이기용 얇은 초콜릿판으로 층층이 덮어서, 인간의 근육계처럼 보이는 정교한 과자를 만들었다. 그녀가 스미의 어깨 부분을 작업하고 있을 때 오븐에서 타이머가 땡 울렸다. 그녀는 오븐을 열고 설탕 쿠키 내장 시트를 꺼냈다. 내장마다 다른 색의 설탕 가루가 뿌려져 있었다.

"뼈가 녹지 않는 게 도움이 되네." 제빵사는 주걱을 써서 쿠키 시트를 식힘판에 옮기며 말했다. "뼈 위에 뜨거운 걸 얹었다가 다 잃어버릴 걱정은 안 해도 되니까 말이야. 가끔 이 부근 화산에 손을 대면 그렇거든. 정말 성가셔."

"음." 크리스토퍼가 말했다. "전부 다 약간 악몽 재질이긴 해도 멋진 구경거리인데요, 사람은 보통 라이스 크리스피 과자가 아니라 고기로 만들어져 있거든요. 우린 제대로 움직이는 스미가 필요해요. 그런데 당신은 스미처럼 생긴 케이크를 만들고 있네요."

"뭔가를 구워 내면 변형이 일어나. 그리고 누구든 케이크를 먹어 본 사람이라면, 때론 우리가 먹은 과자를 몸의 일부로 바꿀 수 있다고 말해 줄걸." 제빵사는 침착하게 말했다. 그녀는 자기 영역 안에 있었다. 스스로 무엇을 하는지 정확하게 알았고, 기꺼이 마무리까지 해낼 작정이었다. "성공한다면, 스미는 너나 나와 같은 재질이 될 거야."

케이크와 브라우닝을 먹으면 곧바로 허벅지살이 된다는 농담을 잔뜩 들어 본 코라는 짧게 자른 손톱을 내려다보고, 손톱에 아직 껴 있는 딸기 바다의 끈적한 분홍색 찌꺼기를 마저 제거하며 아무 말도 하지 않았다.

"흠." 크리스토퍼는 말했다.

제빵사는 웃음을 터뜨렸다. 밝고 즐거움이 가득한 웃음소리였다. "난 제빵을 정말 좋아해. 원하는 세계를 만들 수 있는 데다가, 모든 걸 맛있게 만들거든." 그녀는 커다란 짤주머니를 집어 들고 스미의 빈 뱃속에 프로스팅 창자를 연결하기 시작했다.

반짝이던 뼈는 층층이 쌓이는 페이스트리 반죽에 덮여 점점 사라졌다. 조금씩 쌓인 제빵사의 작품은 못마땅해하는 듯 말이 없던 유령을 가렸고, 마침내 제빵사는 살붙임 초콜릿을 써서 스미의 얼굴 굴곡을 빚기 시작했다. 지방 세포 대신 노란 케이크 층이 내려앉았고, 그 위를 좀 더 두꺼운 진저브레드가 덮은 후, 그 위를 리니보다 조금 어두운 색으로 물들인 퐁당과자 껍질이 덮었다.

"머리털, 머리털, 머리털." 제빵사는 흥얼거리더니 주방에서 몸을 내밀어, 쓰레기 더미에서 까만 캔디 세공실 같은 것을 한 주먹 낚아챘다. 그녀는 그 실을 들어 올리고 활짝 웃었다. "검은색 솜사탕도 언제 필요할지 모른다니까. 하지만 먹으면 안 돼. 일주일은 혀가 까맣게 물들 거야." 그녀는 명랑한 파란색으로 물든 혓바닥을 내밀어 보이더니, 그 얇은 검은색 물질을 스미의 머리 위에 붙이기 시작했다. 그 작업이 끝나자 그녀는 유산지 한 통을 꺼내어 섬세하게 몸 위에 씌웠다. "이제 오븐에 들어갈 준비가 거의 다 됐어. 이게 성공하길 빌자."

"성공하지 못하면?" 리니가 물었다.

제빵사는 한숨을 내쉬었다. "그때는 다른 걸 시도해야겠지."

"스미의 해골은 멀쩡할 거예요." 크리스토퍼가 말했다. "혹시 누군가의 지루한 면이 남긴 유령은 구워 버릴 수 있을지도 모르지만, 해골은 오븐이 너무 뜨겁다 해도 상관 안 할 테니까."

"난 내 쿠키를 태울 생각 없어." 제빵사가 말했다.

"바로 그러니까요. 걱정 없죠." 크리스토퍼가 말했다.

제빵사는 웃음을 터뜨렸다. "좋아, 너희가 마음에 들어. 누가 좀 와서 스미를 오븐에 넣게 도와줄래?"

케이크, 시리얼, 초콜릿 때문에 해골이 많이 무거워졌기에, 제빵사가 베이킹 시트를 오븐에 밀어 넣기 위해서는 코라와 케이드가 다 거들어야 했다. 제빵사가 오븐 문을 열자 뿜어나오는 열기가 어찌나 강렬한지, 가까이 다가간 팔의 잔털이 다 바삭해져서 둘 다 흠칫 물러설 정도였다.

"들어간다." 제빵사가 말하더니 트레이와 그 위에 누운 스미를 매끄럽게 밀어 넣었다. 스미가 들어가고 문이 닫혔다.

"이젠 어떻게 해요?" 코라가 물었다.

"이젠 기다려야지." 제빵사가 말했다. "기다리면서, 희망해야지."

제 빵 의 사

이 야 기

그들은 부서진 진저브레드 벽에 앉아서 발을 달랑거리며, 놀랍도록 가공한 데가 하나도 없는 시원한 우유를 마셨다. 그 우유는 우유 본연의 단맛을 갖고 있을 뿐, 설탕을 넣거나 초콜릿 맛을 내거나 아무튼 세상에 더 잘 맞게 바꿔 놓은 데가 없었다. 코라는 호기심이 담긴 눈으로 제빵사를 보았다.

"어디에서 난 우유에요?" 코라가 물었다.

"나무에서 자라." 제빵사가 평온하게 대답했다.

코라는 멍청히 바라보기만 했다.

"아니, 정말이야." 제빵사가 말했다. "계란처럼 생긴 커다란 하얀 과일 속에 들어 있어. 이전에 온 제빵사 중에 하나가 내놓은 작품이야. 난 즐기기만 할 뿐이고." 그녀는 우유를 한 모금 더 마셨다. "아. 신선하면서도 괴상해라."

"혹시 신앙심이 깊나요?" 크리스토퍼가 물었다.

제빵사는 고개를 돌리고 그를 향해 눈을 껌벅였다.
"뭐라고?"

"당신의…" 크리스토퍼는 머리 주위에 손을 휘저었다.
"그건 많은 경우에 종교적인 이유로 두르잖아요. 신앙심
이 깊은 편인가요?"

"우리 가족은 그래." 제빵사는 말했다. "아마 나도 언젠
가는 그렇게 되겠지만, 대체로 내가 히잡을 쓰는 건 그
러면 케이크 반죽에 머리카락이 들어갈까 걱정할 필요
가 없어서야."

"실용적이면서 멋스럽군요." 크리스토퍼는 일부러 제
빵사가 우유 과일에 대해 말할 때와 똑같은 말투로 말했
다. "그러면 괴상한 기분인가요? 신이 되는 건?"

제빵사는 머뭇거리다가 우유 잔을 내려놓았다. "분명
히 해 두자. 나는 신이 아니야. 나는 제빵사야. 나는 제빵
을 해. 내가 구워 내는 음식에 깃든 마법은 내가 아니라
세계가 부여하는 것이고, 여기에서 내 브라우니가 언제
나 완벽한 데다 신비롭게도 지붕 재료 역할까지 하는 건

내가 어쩔 수 있는 게 아니야."

"미안해요." 크리스토퍼는 말했다. "내 생각은 그저…."

"난 사람들을 바꿔 놓거나, 설교를 하거나, 뭐가 됐든 다른 일을 하러 여기 있는 게 아니야. 쿠키를 잔뜩 구울 뿐이야. 쿠키로 이루어진 대륙을 굽고 있지. 그 일이 다 끝나서 혹시 문이 열리고 나를 집으로 돌려보낸다면, 거기서도 쿠키를 구울 거야."

"이름은 있어요?" 케이드가 물었다.

"레일라." 제빵사가 대답했다.

"만나서 반가워요." 케이드가 말했다. "난 케이드. 이쪽은 친구인 코라와 크리스토퍼. 리니는 이미 알죠."

레일라는 각각에게 고개를 끄덕였다. "만나서 반가워. 다들 각자의 문이 있었던 거야?"

"고블린 왕자." 케이드가 말했다.

"인어." 코라가 말했다.

"해골 공주의 연인." 크리스토퍼가 말했다.

레일라는 눈을 깜박였다. "마지막은 생각도 못 했어."

크리스토퍼는 가뿐하게 어깨를 으쓱였다. "그런 반응 자주 겪어요."

리니는 아무 말도 하지 않았다. 비참한 태도로 벽에서 초콜릿칩을 털어 내어 달그락달그락 고물상에 떨구고 있었다. 레일라는 한숨을 내쉬더니 몸을 기울여 리니의 어깨에 손을 얹었다.

"숨 쉬어."

"허파 한쪽이 존재하길 그만둔 것 같아." 리니가 말했다.

"그러면 좀 더 얕게 숨 쉬어." 레일라가 말했다. "그냥 계속 숨을 쉬어. 곧 베이킹이 끝날 테니까, 결과를 알게 될 거야."

"리니가 걱정했어요." 코라가 불쑥 말했다. 리니와 레일라 둘 다 그녀를 돌아보았다. "타이밍에 대해서요. 스미는 리니가 태어나기 전에 죽었는데, 우리가 스미를 지금 되살리면…."

"아, 그건 간단해." 레일라가 말했다. "지금 스미가 되살아나면, 너희들과 같이 학교에 돌아가면 돼. 우리에게 스미는 10대의 해골이 아니라 성숙한 여성이거든. 너희와 몇 년 보내고 나면 스미의 문이 다시 열릴 거야."

"그럼 당신이 그 문을 여는 건가요?" 케이드가 물었다.

"아니." 레일라는 말했다. "나는 스미가 돌아오고 1년 후에 여기에 와."

순간 정적이 내려앉았다가, 크리스토퍼가 물었다. "지금 우리가 미래에… 그러니까 우리의 미래에 와 있는 거라면, 혹시 내가 와이파이가 다시 될 때 페이스북을 찾아보면 브루클린에 살고 있는 12세의 당신이 나온다거나, 뭐 그런 건가요?"

"난 열두 살 때 페이스북을 안 했지만, 중요한 건 그게 아니지." 레일라가 말했다. "제발 날 검색해 보진 말아 줘. 찾아보려고도 하지 말아 줘. 나에게 그런 기억이 없으니, 그런 일은 일어나지 않았다는 뜻이야. 혹시 너희가 내 과거를 바꾸면 내 문이 열리지 않을 수도 있고, 그러면 내가 이 모든 쿠키를 굽지 못할 수도 있어. 난 이 모든 쿠키를 굽기 위해 평생을 기다렸어."

엘리노어 웨스트의 학교에 가게 된 모두는, 아니 문을 찾은 경험이 있는 모두는 다른 사람들은 이해도 하지 못할 일을 기다리며 평생을 보낸다는 것이 어떤 건지 이해했다. 그들이 다른 사람들보다 잘나서도 못나서도 아니었고, 그저 그들에게 뼛속 어딘가에 갇혀서 계속 살을

갉아 대며 나오려고 하는 욕구가 있기 때문이었다.

"안 그럴게요." 케이드가 약속했다.

레일라는 안심했다.

주방에서 타이머가 땡 소리를 울렸다. 레일라는 일어서서 무릎과 엉덩이에 묻은 코코아 가루를 털더니 말했다. "어디 어떻게 됐나 보자." 그녀가 주방으로 돌아가려 하자 다들 따라갔다. 리니는 점점 걸음이 느려지다가 코라보다 살짝 뒤처졌다.

코라는 의문을 품고 리니를 돌아보았다. "엄마를 보고 싶지 않아?"

"저 사람은 우리 엄마가 아닐 거야. 아직은." 리니가 말했다. "성공했다면 오늘의 내 어머니가 아니고, 성공하지 못했다면 내일의 내 어머니가 아닐 거야. 로직 세계에서는 좀 나아? 거기선 시간이 매일 똑같이 움직이고, 한쪽 방향으로만 흘러서, 어머니는 언제나 어머니이고, 언제나 딸의 눈물을 닦아 주면서 다 괜찮을 거라고, 넌 나의 페퍼민트 별이고 나의 설탕 시럽 바다이며, 난 절대 너를 떠나지 않을 거라고, 네가 태어나기도 전에 내가 살해당하는 일은 절대 없을 거라고 말해 주고 그래?"

코라는 머뭇거렸다.

"늘 그렇지는 않아." 코라는 한참 만에 그렇게 말하고, 시선을 돌렸다.

리니는 안심한 얼굴이었다. "다행이다. 매일 모든 게 똑같은 순서로 이루어지길 바라지 않았다는 이유만으로 우리가 다른 모두보다 나쁘게 산다면, 그건 견디기 힘들었을 거야."

케이드가 주방 앞에 멈춰 서서 어깨 너머로 그들을 돌아보았다. "어이, 좀 서둘러." 그는 손짓하며 외쳤다. "스미가 타 버리기 전에 오븐에서 꺼내야지."

"가고 있어." 코라는 리니와 함께 서둘러 언덕길을 올랐다.

레일라가 문을 열자 오븐에서 공기가 터져 나왔다. 후끈하고 달콤하면서 갈색 설탕과 시나몬과 생강 향기가 나는 공기였다. 레일라는 한 걸음 물러서면서 뚜렷하게 안심했다는 것이 느껴지는 웃음을 터뜨렸다.

"아, 냄새 좋네." 그녀는 말했다. "딱 맞게 구워진 냄새야. 탄 데가 없어."

"어떻게 도울까요?" 케이드가 물었다.

"오븐 장갑을 끼고 들어 올려." 레일라가 말했다.

정작 레일라는 오븐 장갑을 끼지 않고 손을 집어넣었다. 그냥 맨손으로 금속 트레이를 잡고 끌어당겼다. 타는 냄새도 나지 않았고, 아픈 소리도 전혀 내지 않았다. 레일라가 마법을 쓰진 않을지 몰라도 이 세계 자체가 마법이었고, 이 세계는 제빵사가 중요하다고 여겼다. 제빵사는 보호받아야 했다.

케이드는 요리를 썩 좋아한 적이 없었다. 너무 덧없는 결과물을 위해 너무 많은 일을 해야 했다. 그는 재단사 일이 훨씬 더 좋았다. 한 가지 물건을 가져다가 다른 물건으로 바꿔 놓고, 그 물건이 지속되는 일이. 부모님은 케이드가 프리즘에서 돌아온 후에 바느질에 관심을 두자 그게 그가 여전히 소녀라는 뜻이라고 받아들였다. 케이드가 자기 드레스를 수선해서 조끼와 셔츠와 좀 더 편안하게 입을 다른 옷들로 바꿔 놓기 전까지는 그랬다.

그는 헤아릴 수도 없을 만큼 여러 번 손가락을 바늘에 찔리고 가위에 베였다. 누군가가 그에게 그저 앉아서 한동안 바느질만 할 수 있는 공간을 내어 준다면, 원하는 천과 재료 전부에다가 아무리 그가 부주의하더라도 다칠 일 없는 도구를 준다면… 그런 유혹은 도저히 감당하지 못할 것이다.

손의 너무 많은 부분을 잃었기에 제대로 잡을 자신이 없는 리니는 물러섰지만, 나머지는 레일라의 지시대로 한쪽에 두 명씩 서서 트레이를 들어 올렸다. 마치 스미의 마지막 안식을 위해 관을 운구하는 사람들 같은 자세였다. 그들은 트레이를 제빵사의 주방 한가운데 있는 도마에 내려놓았다. 레일라가 다들 물러서라고 손짓하더니 스미의 얼굴을 덮은 유산지에 손을 뻗었다.

코라는 저도 모르게 숨을 참고 있었다.

유산지가 벗겨졌다. 스미는 코라가 학교에 들어가기 전에 사라진 아이였다. 코라의 눈에 보인 건 매끄러운 갈색 피부에 긴 검은 머리를 늘어뜨린 아름답고 말 없는 10대 소녀였다. 눈은 감고 있어서 속눈썹이 뺨 위에 가만히 얹혔고, 입꼬리가 아래로 처져서 움직임 없이도 변덕스러워 보였다.

리니는 숨을 들이키더니 울려고 했다. "깨워 줘." 리니는 애걸했다. "제발, 제발, 깨워 줘."

"식혀야 해." 레일라가 말했다. "지금 깨우면 심한 열병을 앓느라 뇌까지 구워져서 다시 죽어 버릴 수도 있어."

"모습이…" 케이드는 떨리는 손을 뻗었다가, 정말로 스미의 피부를 건드리기 전에 손을 거뒀다. "완벽한 모습이야. 진짜 같아."

"진짜니까 당연하지." 레일라가 말했다. "머리털이 증명하잖아."

"어떻게요?"

"오븐이 스미를 다시 짜 맞추고 싶어 하지 않았다면, 지금 머리털이 있지도 않을 거야." 레일라가 활짝 웃었다. "그 대신 녹아내린 퐁당과자에 달라붙은 끈적한 검은색 물질만 있겠지. 퐁당이나 프로스팅도 그렇고, 내가 스미의 해골에 씌운 다른 재료 대부분이 원래는 굽는 재료가 아니거든. 컨펙션이 스미를 되찾고 싶어 해서, 컨펙션이 되돌려 준 거야. 난 그냥 제빵사일 뿐이야. 내가 오븐에 집어넣으면, 세계가 뜻대로 일을 하지."

그건 딱 마법을 쓴다는 비난을 피하려는 말 같았다. 케이드는 아무 말도 하지 않았다. 도와주는 사람과 말다툼을 벌이는 건 절대로 좋은 생각이 아닌 데다가, 지금 상황에서 레일라가 컨펙션에서의 자기 위치를 의심하게 만들었다가는 문이 나타나 쫓겨나고, 이 세계 전체가 아무것도 아니게 될 수도 있었다.

스미는 정말로 진짜 같았다.

"캔디와 케이크 등등을 써서 새로운 몸을 만든 걸로 충분할까요?" 코라가 물었다. "이걸로 난센스도 돌아올까요?" 아니면 혹시 스미의 조용하고 진지한 유령이 새로 얻은 눈을 뜨고 일어나서 집으로 데려다 달라고 하지는 않을까? 학교가 아니라 스미가 죽었다고 믿는 부모님에게, 딸이 자기들이 키운 착한 아이가 아닌 다른 사람으로 변하자 멀리 보내 버렸던 그 부모님에게 보내 달라고?

"나도 몰라." 레일라가 말했다. "난 처음 해 보는 일이거든. 다른 사람이 해 봤는지 어떤지도 모르고."

그건 거짓말이었지만, 필요한 거짓말이었다. 당연히 누군가는 예전에 같은 일을 한 적이 있었다. 여기는 컨펙션, 요리라는 예술이 기적이 된 세계였다. 파이 팬이나 롤링핀을 만지고 싶어 손이 근질거리고, 편한 타이머와 설탕 숟가락과 밀가루 컵을 갖고 싶어 하는 외로운 아이들의 땅. 여기는 완벽하게 계량한 재료로 말도 안 되는 기발하고 놀라운 탑을 만들어 내는 땅이었다. 아마 논리적인 생물인 그들이 주위 세계에 공격받지 않고 여기에 있을 수 있는 것도 그래서이리라. 케이드는 이모할머니가 말해 준 난센스 왕국에 대해 아주 잘 기억하고 있었는데, 그곳은 그녀가 어른처럼 융통성 없고 체계적으로 생각할 나이가 되자 적대적으로 변했다고 했다. 엘리노어는 언제나 난센스를 띤 존재일 테지만, 어느 순간엔가 시간이 그녀를 따라잡아서 그녀의 정신을 마음의 고향에 맞서게 바꿔 놓고 말았다.

컨펙션은 그런 식이 아니었다. 컨펙션은 규칙이 있는 난센스 세계, 베이킹소다는 언제나 케이크에 변화를 주고 이스트는 언제나 빵을 부풀리는 세계였다. 컨펙션은 규칙이 있기 때문에 난센스일 수 있었고, 그래서 논리적인 사람들이라 해도 이곳이 다른 세계와 돌아가는 방식이 같지 않다는 점만 받아들이면 살아남고 번성할 수도 있었다.

레일라가 손을 뻗더니, 오른손 둘째 손가락과 셋째 손가락으로 조심스럽게 스미의 다시 만든 손목 안쪽을 짚었다. 그리고 미소지었다.

"충분히 식었네. 이제 깨울 수 있어."

"어떻게요?" 크리스토퍼가 물었다.

"앗." 레일라는 눈을 크게 뜨고 놀라서 그를 쳐다보았다. "너희가 알 줄 알았는데."

"내가 알아." 리니가 말했다. 그녀가 테이블로 걸어가자 다른 사람들이 비켜섰다. 그녀는 스미 앞에 서서 하나 남은 눈으로 내려다보더니, 손등을 어머니의 뺨에 얹었다. 스미는 움직이지 않았다.

"나 드디어 모험을 했어, 마마. 마마가 언제나 말한 대로야." 리니가 부드럽게 말했다. "난 퐁당의 마법사를 만나러 갔어. 마법사에게 추수철 두 번에 해당하는 수확물을 내줘야 했지만, 그 대가로 마마를 되찾아올 수 있는 여행 구슬을 받았어. 난 마마가 태어난 세계로 갔어. 공기를 호흡하고…."

그렇게 계속, 리니는 자신이 하늘에서 떨어진 이후에 일어난 모든 일을 마치 온 우주에서 가장 대단한 모험처럼 이야기했다. 어떻게 거북이들의 여왕과 말다툼을 했고 망자의 군주와 농담을 주고받았는지, 인어와 고블린 왕자가 마침내 케이크 여왕을 이겼을 때 어떻게 그 자리에서 케이크 여왕이 겪은 가장 기발한 패배를 지켜보았는지 말했다. 귀족과 왕족이 가득한 웅장하고 고귀한 퀘스트였으며, 마법 같았다.

코라는 퀘스트란 개들과 많이 비슷하다고 생각했다. 멀리서 볼 때 훨씬 매력적이고, 한밤중에 짖거나 온 집 안에 똥을 싸 놓으면 매력적이지 않다는 점에서 말이다. 그녀는 이 끔찍하고 피곤하며 등골이 빠지는 퀘스트의 모든 순간을 같이 겪었으며, 그녀에게는 그 어느 것도 마법 같지 않았다. 너무 잘 알아서였다. 그러나 리니가 스미에게 말해 줄 때는 동화 같았고, 잠에 빠져드는 어린아이 귓가에 속삭이는 이야기 같았으며, 아름다웠다. 정말 아름다웠다.

"…그러니 마마가 이제 깨어나서 친구들과 같이 가야 해. 그래야 마마가 여기 다시 돌아오고, 그래야 파파와 결혼을 하고, 그래야 내가 태어날 수 있지." 리니는 몸을 숙여 스미의 가슴팍에 머리를 대더니, 눈을 감았다. "마마가 날 만났으면 좋겠어. 나야말로 마마가 한 제일 훌륭한 일이라고 언제나 말했잖아. 마마가 날 만나서, 그게 사실이라고 알 수 있었으면 좋겠어. 그러니까 이제 일어나, 알았지? 일어나서 떠나. 집으로 올 수 있게."

"봐." 케이드가 속삭였다.

스미가 살아 있을 때는 한 번도 얌전히 있었던 적이 없는 두 손이 씰룩거리고 있었다. 다들 지켜보는 가운데 스미가 두 손을 테이블에서 들어 올려 리니의 머리를 쓰다듬기 시작했다. 눈은 아직 감은 채였고, 얼굴은 아직 평화로웠다.

리니는 울면서 고개를 들어 어머니를 보았다. 크게 뜬 양쪽 눈이 추수할 때가 되어 무르익은 옥수수사탕 밭 빛깔로 밝게 빛났다. 코라는 놀란 소리가 날까 봐 손을 올려 입을 막았다. 크리스토퍼는 씩 웃기만 하고 아무 말도 하지 않았다.

"마마?" 리니가 물었다.

스미가 눈을 뜨고 일어나 앉자, 리니는 비틀거리면서 테이블에서 물러섰다. 스미는 리니를 보고 눈을 껌벅였다. 그러더니 새로 만들어진 자신의 알몸을 내려다보고 눈을 껌벅였다.

"조금 전에 죽었는데, 벌거벗고 있다니." 그녀는 말했다. "이거 걱정해야 해?"

　케이드는 함성을 질렀고, 크리스토퍼는 웃음을 터뜨렸고, 리니는 울었다. 모든 것이 달라졌고, 동시에 모든 것이 겨우 전과 같아졌다.

Beneath
the Sugar
Sky

가야 할

시 ^간

리니는 어머니의 두 손을 꽉 붙잡고 힘을 주고 있었다. 그러다가 스미가 손을 빼고 한 걸음 물러섰다.

"안 돼, 안 돼, 다시 한번 안 돼. 어딘지 언젠지 모를 지금 말고 내가 집에 돌아오는 밝은 미래의 내 딸이라는 소녀야. 상품 훼손하지 말아라." 스미는 리니의 손길을 떨쳐 내려는 듯 두 손을 흔들더니 뒷짐을 지고서 날카로운 시선으로 레일라를 보았다. "당신이 구워 낸 문이 어디로 통하는지는 확실한 거야?"

"오븐에게 내가 뭘 원하는지 말했어." 레일라가 말했다.

진저브레드와 딱딱한 사탕, 금줄 세공처럼 보이는 프로스팅 장식, 식용 반짝이로 만든 얇은 베니어판으로 이루어진 문이었다. 딱 다른 세계로 열릴 것처럼 생겼다. 그렇지 않고서는 말이 되지 않았다.

"제빵사라니." 스미는 고개를 저었다. "난 언제나 당신이 신화인 줄 알았어."

"네가 우리 세계를 구할 때는 신화 맞아. 난 너보다 뒤에 오거든." 레일라가 말하더니 약간 수줍게 미소지었다. 그녀는 케이드를 돌아보았다. "내가 한 말 기억해. 날 찾아보지 마. 난 내 문을 찾아야 하고, 그러니까 모든 일을 내가 기억하는 그대로 겪어야 해. 날 내버려 둬."

"약속할게." 케이드가 말했다.

"혹시 브루클린에 돌아오게 되면 우리에게 전화해." 크리스토퍼가 말했다. "우린 1년 내내 학생을 받으니까, 아는 얼굴들이 있는 곳에 오면 마음이 놓일 거야."

"너희를 기억해 둘게." 레일라가 말하고 문을 향해 손을 가볍게 털자, 문이 천천히 열렸다. 문 너머에는 얇은 분홍색만 펼쳐져 있었다. "이제 시간선이 그만 엉키게, 여기서 나가."

"잠깐만!" 리니가 외치더니 달려들어 스미를 거칠게 끌어안았다. "사랑해, 마마." 그렇게 속삭인 그녀는 자신보다 더 어린 소녀를 놓아주고 고개를 돌려, 완전히 복구된 손으로 눈물을 닦았다.

스미는 재미있다는 얼굴이었다. "난 널 사랑하지 않아." 그 말에 리니가 굳었다. 스미는 말을 이었다. "하지만 사랑하게 되겠지. 몇 년 후에 보자, 검드롭."

스미는 몸을 돌려 문으로 향했고, 학교 친구들이 그 뒤를 따라갔다.

문이 쾅 닫히기 직전에 레일라와 리니는 스미가 묻는 소리를 들었다. "그런데 낸시는 왜 안 온 거야?"

다음 순간 문이 닫혔고, 이방인들은 사라졌다. 문은 조금씩 조금씩 부스러져서 땅을 뒤덮은 쓰레기에 합류했다. 레일라는 리니를 보고 미소지었다.

"흠? 뭘 기다리고 있니? 여기에서 너희 집까지는 하루를 걸어야 할 텐데, 분명히 부모님이 널 보고 싶어 하실 거야."

리니는 반쯤은 웃고 반쯤은 우는 소리를 내더니 뛰기 시작했고, 오직 쿠키를 굽고 싶어 할 뿐인 한 소녀와 고물상을 뒤로한 채 눈부신 컨펙션 언덕으로 달려갔다.

네 학생이 떠났다가, 똑같은 구성은 아니지만 네 학생이 돌아왔다. 그들은 허공에 나타난 문 모양의 구멍으로 걸어 나와서 저택 앞의 마른 갈색 잔디밭에 내려섰다. 엘리노어는 현관 앞에 서서 그리운 미소를 짓고 있다가, 스미를 보자 헉 소리 나게 입을 벌리고 기뻐했다.

"스미!" 엘리노어는 외치더니 계단을 내려가기 시작했다. 그렇게 연약해 보이는 여성이 그렇게 빨리 움직이면 안 될 것처럼 느껴질 정도였다. "사랑하는 내 아이가 집에 왔구나!"

"엘리노어 – 엘리!" 스미가 외치더니 엘리노어의 품에 몸을 던져 꽉 끌어안았다.

케이드와 코라는 눈빛을 주고받았다. 곧 엘리노어에게 자신들이 겪은 그 모든 일을 이야기할 시간이 있을 것이다. 뒤에 남은 나디아, 언젠가 학교에 합류할지도 모르는 레일라, 난센스를 로직으로 뒷받침할 수 있는 방법들, 그리고 이것이 어떻게 나침반을 바꾸는지 등에 대해서. 케이드가 레일라 가족을 찾아내고, 곧 문의 선택을 받을 누군가를 – 절대로 끼어들지는 않고, 멀리서만 – 지켜볼 기회를 잡을 시간도 있을 것이다. 정말 많은 일을 할 시간이 있을 것이다. 그러나 지금 당장은….

지금 당장 중요한 것은 구름 한 점 없는 화창한 가을

하늘 아래 잔디밭에서 서로를 끌어안은 늙은 여성과 어린 소녀뿐이었다.

다른 것은 전부 기다릴 수 있었다.

물에 빠진

소녀

흠. 어쩌면 전부는 아닐지도 모르겠다.

나디아는 '잊힌 영혼들의 강' 강둑에 앉아서 한쪽 다리를 가슴팍에 대고, 무릎에 턱을 올려놓고 있었다. 주위에서는 거북이들이 볕을 쬐느라, 단단한 껍질들이 나디아의 엉덩이와 발목에 닿아 있었다. 거북이들은 나디아가 어딜 가든 따라다니며, 친구 하나 없는 이 고독한 곳에서 언제나 그녀와 벗하는 충실한 시종들이 되어 주고 있었다.

다시 거북이들과 함께하니 좋았다. 학교 연못에 살던 거북이들은 그녀와 시간을 같이 보내고 싶어 하지 않았다. (여기에서 끝없이 나른한 하루하루를 보낼수록, 그 학교는 점점 더 꿈처럼 느껴졌다. 여기에서는 강둑을 때리는 물소리와, 가끔 전당에서 흘러나오는 음악 소리로

만 시간을 알 수 있었다.) 그녀가 태어난 세계에는 마법이 충분치 않았다. 그곳에서도 어떤 마법은 통했지만 - 크리스토퍼의 피리라거나 낸시의 정지 같은 것이 그러한데, 나디아도 낸시가 자연 서식지인 이 세계에서 할 수 있는 일에 비하면 그때의 정지 동작은 아무것도 아니었음을 인정해야 했다- 대부분의 마법은 그 세계의 자연법칙이 견뎌 내질 못했다.

하지만 여기 거북이들은… 이들은 제대로 된 마법 거북이였다. 벨리레카의 거북이들처럼 말을 하지는 못했다. 제일 큰 녀석이라고 해도 나디아가 사랑하는, 물에 빠진 세계에서 그녀의 준마 겸 소중한 벗이었던 뷰리안처럼 타고 다닐 크기는 못 되고 큰 접시만 한 크기이긴 했다. 그래도 여기 거북이들은 나디아가 껍질을 간질이고, 섬세하게 우둘투둘한 긴 목을 쓰다듬게 해 줬다. 그들은 그녀가 자기들 사이에서 언제나 축축하고 언제나 울면서 지내게 해 줬고, 그녀는 그들 모두를 사랑하면서 미워했다. 그들을 보면 끊임없이 여기에서 얻은 것만으로는 부족하다는 사실이 떠올랐기 때문이다. 이걸로는 충분치 않았다.

"난 모든 것을 증오해." 나디아는 그렇게 말하고 강둑에서 돌멩이를 하나 집어 수면을 향해 세게 집어던지고는, 돌멩이가 세 번, 네 번, 다섯 번 물수제비를 뜨다가 수면 아래로 떨어져서 이미 던져 넣은 다른 돌들과 합류하는 모습을 지켜보았다. 그러다가 그녀가 얼어붙은 듯 멈췄다.

방금 오른손으로 돌을 쥐었다는 사실을 깨달아서였다.

나디아는 오른쪽 팔꿈치 아래가 없는 몸으로 태어났다. 생모가 모국 러시아에 있던 시절에 어떤 물질에 노출되어 생긴 형성기형이었다. 나디아에겐 어머니가 셋 있었다. 그녀를 낳은 여자, 그녀를 중독시킨 모국, 그리고 그녀를 입양한 어머니. 세 번째 어머니는 좋은 마음과 선의를 품고 세계의 곤궁한 지역을 돌아보던 미국인 관광객이었는데, 수도꼭지를 만지다가 고아원 욕실에 물이 넘치게 할 가능성만 높은 '특수한 장애' 아동을 기꺼이 맡고 싶어 했다.

그녀는 처음으로 나디아에게 의수를 맞춰 줬는데, 그 인공 손은 살을 꼬집고 파고들 뿐 삶의 질은 조금도 개선해 주지 않았다. 한쪽 손으로도 완벽하게 할 수 있었던 일들을 빼면, 의수가 도움이 되는 일은 아무것도 없었다. 그 손에는 손톱을 손질하거나 바느질을 하기 위해 필요한 섬세한 운동 제어 능력이 없었다. 혹시 나디아가 더 어렸거나 더 원했다면 모르지만, 거부할 수 없는 대단한 선물처럼 주어진 그 손은 오직 입양 가족의 눈에 그녀가 언제나 손이 하나 없는 가난하고 불쌍한 고아 소녀, 그들이 도와줘야 하는 소녀로만 보인다는 사실을 상기시켜 줄 뿐이었다.

그녀는 그런 도움을 바란 적이 없었다. 그녀는 사랑받고 싶을 뿐이었다. 그래서 거북이 연못가의 수초들이 문처럼 보였을 때, 그 문이 유혹적으로 열려 있는 것처럼 보였을 때 그녀는 진흙 강둑을 딛은 발을 조심하지 않았다. 그 문에 아주 가까이 다가갔다. 그러다가 굴러떨어졌고, 정신을 차려 보니 어딘가 다른 곳에 가 있었다. 그녀를 돕고 싶어 하지 않는 세계, 오히려 그녀가 도와주기를 바라며, 그러면 대가로 사랑을 주겠노라 약속하는 세계.

나디아는 벨리레카에서 긴 시간을 살았고, 그곳에선 그녀가 물에 가까이 있지 않을 때도 언제나 물에 빠진 소녀라고 불렀다. 그녀는 그 이름이 얼마나 사실 그대로

인지 알지 못했었다. 강에 떨어졌다가 여러 개의 손이 그녀의 어깨를 잡아 수면 위로 끌어내고, 진짜 세계가 아니라 가짜 세계로, 어머니들이 하나씩 차례로 그녀를 떠나고 아무것도 남지 않는 세계로 돌아오기 전까지는.

벨리레카에서 그녀는 강물로 만든 의수를 직접 선택했었고, 그 손은 물풀과 작은 물고기 같은 것들로 내키는 대로 장식할 수 있었다. 한 번은 올챙이로 장식하기도 했는데, 그 올챙이는 안전한 그녀의 손바닥에서 개구리로 성장하여 아이가 엄마를 보는 듯한 애정으로 그녀를 쳐다보고는 폴짝 뛰어 자유를 향해 떠나기도 했다. 벨리레카에서는 아무도 그녀에게 뼈와 살로 이루어진 손이 하나 없다는 이유로 망가졌다고 말하지 않았다. 그들은 그것을 도구이자 무기, 연장된 몸을 만들 수 있는 기회로 보았다.

그 손은 친절한 이웃이 나디아가 연못에 엎드린 자세로 떠 있는 모습을 보고 '안전한' 곳으로 끌어냈을 때 녹아 없어졌다. 그녀는 영영 그 손을 잃은 줄 알았다.

나디아는 천천히 오른손을 얼굴 앞에 들어 올려 반투명한 살과 물결치는 피부를 응시했다. 그 안에는 아무것도 없었다. 그녀는 왼손을 아래로 내려 수면 위에 놓았다. 동전만 한 거북이 하나가 손바닥으로 기어 올라왔다. 그녀는 그 거북이를 들어 올려 물로 이루어진 손에 밀어 넣었다. 거북이는 만족스럽게 원을 그리며 헤엄치더니 머리를 살짝 내밀어 숨을 쉬었다. 거북이의 콧구멍이 나디아의 손가락 관절 사이 '피부'를 뚫고 나왔다.

나디아는 일어섰다. 수면에 비치는 빛이 문, 아니면 무덤 같은 형상을 띠었다. 길이가 2.4미터에 폭은 1미터였고, 여기에서 물에 뛰어들면 아무도 구하러 오지 않을 터였다. 그녀는 정말로 벨리레카에 있던 시간 내내 사실은 물에 빠져 죽어 가고 있었을까? 그 모든 기억이 거짓이었을까?

그러나 학교는 진짜였다. 학교는 진짜였고, 크리스토퍼는 해골을 일으킬 수 있었으며, 코라의 머리카락은 산호초 같은 있을 수 없이 눈부신 빛깔이었다. 그리고 마법이 진짜라면, 물로 이루어진 손이 진짜라면, 그렇다면 그녀가 겨우 진실에 잠기기 시작했을 때 누군가가 끌어낸 셈이었다. 나디아는 믿기만 하면 됐다. 확신하기만 하면 됐다.

"우린 여행을 떠날 거야, 작은 친구야." 나디아는 손바닥 안에 든 거북이에게 말했다. "아, 네가 뷰리안을 만나는 순간이 너무 기다려진다."

나디아는 뒷걸음질 쳐서 공간을 확보한 후에 달렸다. 수면을 가를 태세로 칼날처럼 발을 펴고 허공에 뛰어올랐다. 그녀는 눈을 감고 두 손은 머리 앞에 들어 올린 채 그 꿈같은 문 정중앙에 떨어졌고, 물보라를 튀기기는커녕 잔물결 하나 일으키지 않고 강물 속으로 미끄러져 들어갔다. 그렇게 그녀는 사라졌다. 그 뒤에는 그녀를 사랑하는 거북이들만 남았다.

세상에는 친절이 존재한다. 우리가 찾을 방법만 안다면. 우리가 문의 존재를 부정하지 않는다면.

설탕 세계와 예언의 소녀

1판 1쇄 인쇄	2023년 9월 15일
1판 1쇄 발행	2023년 9월 25일
지은이	섀넌 맥과이어
옮긴이	이수현
발행인	황민호
본부장	박정훈
책임편집	김순란
기획편집	강경양 김사라
마케팅	조안나 이유진 이나경
국제판권	이주은 한진아
제작	최택순
발행처	대원씨아이㈜
주소	서울특별시 용산구 한강대로15길 9-12
전화	(02)2071-2017
팩스	(02)749-2105
등록	제3-563호
등록일자	1992년 5월 11일
ISBN	979-11-7124-172-9 (04840)
	979-11-7062-403-5 (세트)